섬이 내게 걸어온 말들

섬이 내게 걸어온 말들

~~~~~ 장 그르니에의 『섬』 디벼읽기 ~~~~~

이항녕 · 오승숙 · 김지현 · 신재은 · 이가영 · 정가희 · 정영미 · 정영선 · 홍석재

좋은땅

여러 판형의『섬』책들

1980.12. 〈민음사〉

1980.12. 〈민음사〉

1988.8. 〈청하〉

1989.2. 〈덕우출판사〉

1993.7. 〈민음사〉

1996.1. 〈다모아〉

1996.4. 〈민음사〉

2020.10. 〈민음사〉

1959년판 프랑스 원본

들어가는 글

인간은 우연히 세상에 내던져진 존재자이고,
죽음을 향해 가고 있는 개별적인 존재라는 것을 직시해야 한다.
- 마르틴 하이데거

하이데거의 말처럼 우리는 종종 바다 한가운데에 홀로 떨어진 외로운 섬과도 같은 존재입니다. 반복된 일상을 떠나온 우리는 고독 속에서 스스로를 찾으려는 시도를 멈추지 않았습니다. 마침내 우리는 도착한 섬마다 그곳에서 질문을 던지고, 답을 찾기도 했었고, 때로는 더욱 깊은 미로에 빠지기도 하였습니다.

2024년 학기 초 독서투어를 함께 하기로 의기투합한 삼목초 교사 9인은 가상의 섬들을 여행하며 '우리의 삶'에 대해 다시금 생각해 보았습니다. 이 책은 장 그르니에가 만들어 놓은 8개의 색다른 섬을 여행하며 읽고 걷고 두드리며 쓰고 나눈 生의 대장정입니다.

장 그르니에의 『섬』은 바로 삶의 내적 여정을 담은 철학적 사색의 기록입니다. 이 섬들은 그저 고립된 지리적 공간이 아니라, 인간의 내면 깊숙이 숨겨진 비밀과 질문들이 응축된 곳입니다. 각 섬마다 그르니에는 자신을 비롯한 우리 인간들이 직면하는 본질적인 물음들, 즉 삶과 죽음, 고독과 소통, 우연과 필연, 자연과 문명, 행복과 불행에 대한 탐구를 펼쳐 냅니다. 그의 섬은 외부의 세계를 떠나 자기 자신과 마주하는 장소이며, 그곳에서 우리는 스스로의 의미를 찾아 떠나는 여정을 시작했습니다.

우리가 이 책을 통해 나누고자 했던 토론은 그르니에가 제시한 깊은 질문들에 대한 탐구였습니다. 각 섬에 던져진 철학적, 심리적 여정을 함께 읽고 해석하며, 우리 스스로에게 환원할 수밖에 없는 질문들과 다시금 마주했습니다. 우리들의 토론은 그르니에의 섬들이 단순히 한 사람의 고독한 탐구가 아닌, 우리 모두가 공감할 수 있는 보편적인 인생의 이야기임을 확인하는 과정이었습니다. 인간이란 본질적으로 자신의 섬을 가진 존재이고, 그 섬에서 끊임없이 삶의 의미를 찾기 위해 노력하는 존재이기 때문입니다.

이 책은 우리가 나눈 그 치열한 논의의 기록이자, 그르니에가 던진 질문들에 대한 우리의 답변입니다. 『섬』이 우리들 각자에게 다가와 건넨 말들에 대한 우리의 내밀한 소근거림입니다. 완전한 해답을 찾기보다, 더 나은 질문을 던지는 과정에서 우리는 각자의 섬을 여행하는 중이라는 사실을 깨달았습니다. 이 책『섬이 내게 걸어온 말들』을 만나는 행운을 가진 독자들도 책을 통해 자신의 섬을 떠올리고, 그곳에서 자신만의 질문과 답을 찾아가는 여정을 함께할 수 있기를 바랍니다.

8개의 다양한 섬 투어마다 바람과 파도, 풍랑과 무더위라는 역경을 함께 이겨 낸 9명의 동료들에게 강한 동질감과 감사의 마음을 전합니다. 끝으로 장 그르니에의 글로 들어가는 말을 가름합니다.

"만일 인간이 어떤 가치를 갖는다면, 그것은 그가 풍경보다
훨씬 더 멀리 있는 죽음을 늘 자신의 배경처럼 인식하고
있다는 것이다."

2024. 12. 1.

섬 여행자들

섬 여행자들

유은/ 이항녕

기쁨/ 오승숙

행운/ 정영선

오롯/ 정가희

한별/ 김지현

여유/ 홍석재

고양/ 이가영

소준/ 신재은

감사/ 정영미

일러두기

1. 이 책은 김화영 선생이 번역한 장그르니에의 『섬』(2023.11. 민음사)을 가지고 진행되었으며, 이 책에 인용한 문장 및 쪽수도 상게서를 참조하였음을 밝힌다.
2. 책 제목은 『 』로, 중단편 소설과 논문 제목, 기타 편명은 「 」로, 책 『섬』의 목차에 등장하는 독립된 형태의 글 제목은 〈 〉로 묶었다.

작가의 변

유은/ 이항녕

그는 서각을 좋아하고 헌책방 어딘가에 숨어있는 미지의 책 사냥을 즐긴다.

그는 나무에 글을 새긴다. 꿈을 새기고 야생의 사고를 더하고 글자들의 풍경 속에서 노니는 것을 즐긴다.

〈어린이 강원〉이란 신문에 '몽당연필'이란 시가 실린 적이 있다. 밤하늘에 빛나는 카시오페아처럼 지면에 또렷했던 글자들의 향연은 얼마나 설레였던가.

이번에는 『섬』이다. 섬은 고독을 이겨낸 삶이고 우리들의 거친 숨결이었으며 부드러운 나눔의 솜사탕이었다.

기쁨/ 오승숙

'꽃들은 담장 너머에 가려 있어서 보이지 않았다. 그러나 나는 꽃내음을 맡기 위하여 오랫동안 발걸음을 멈춘 채 서 있었고 나의 밤은 향기로 물들었다.' 이 부분에서 아름다운 날들의 향기 가득한 골목길로 소환하는 이 언어의 힘에 매료되어 독서 모임이 즐겁고 기대가 되었습니다.

'섬'과 함께 언어의 힘에 놀라고 감동되어 발걸음을 멈추어 서로 이야기 할 수 있는 시간을 갖게 해주신 이항녕 교장선생님과 섬 여행자들, 책 출판을 위해 동분서주 애써주신 행운님에게도 감사를 전합니다.

한별/ 김지현

주부이자, 엄마이자 초등교사 이지만 온전히 나로 살아가는 것을 가장 좋아합니다.

하늘에서 빛이나는 큰 별처럼, 나의 인생이라는 무대위에서 나만의 색으로 빛나는 현재를 살아가고자 합니다.

『섬』이라는 책을 처음 펼쳤을 때의 설레임과 첫 모임에서의 긴장감이 떠오릅니다.

처음에는 그저 어렵기만 하였는데 여러 선생님들과 함께 생각을 나누다보니 나와 타인을 돌아보고 나의 삶의 방향에 대해서도 한번 더 생각할 수 있게 해준 좋은 멈춤의 순간이었던 것 같습니다.

『섬』을 만나기전 온전한 나의 삶도 좋았지만, 『섬』을 만나고 나서의 앞으로 펼쳐질 삶도 무척 기대됩니다.

뜻깊은 순간 좋은분들과 함께 할 수 있었음에 더 감사합니다.

소준/ 신재은

텅 빈 바다와 섬을 바라보듯 일상에서 감동을 느끼는 22년차 교사입니다. 늘 바쁘게 달려왔지만 배움, 열정, 사랑을 나누어주는 동료와 가슴 벅찬 소중한 가족이 함께라서 따뜻한 울림을 안고 생활합니다.『섬』을 통해 나의 삶과 내면을 돌아볼 수 있어서 행복했습니다. 감사합니다.

고양/ 이가영

저에게 섬은 '여명', 그리고 '함께'라는 두 단어로 기억될 것 같습니다. 제 생이 동터 오르는 여명기에 좋은 분들과 함께 삶에 관해 이야기 나눌 수 있어 행복했습니다. 이 책을 읽는 독자분들도 저희와 함께 이야기 나누며 같은 행복을 느끼시길 소망합니다.

오롯/ 정가희

오롯은 미움 받을 용기가 있는 사람이자 자신을 오롯이 사랑할 줄 아는 사람. 앞으로 타인에게도 사랑을 베풀 수 있는 사람이 되고픈 미완성형 인간이다.

'자기 인식(reconnaissance)'이 반드시 여행의 종착역에 있는 것은 아니다. 사실은 자기 인식이 이루어질 때 여행이 완성된다.

〈섬〉과 썸타는 시간, 알 듯 말 듯한 섬 속 이야기에 빠져 나 스스로를 되돌아보며 비로소 이야기가 완성되었다.

감사/ 정영미

"여행은 서서하는 독서이고 독서는 앉아서 하는 여행이다." 삼목초
독서카페

『섬』을 읽는 동안 유년시절부터 지금에 이르기까지 내 삶을 다시 돌
아보고 미래에 대한 계획을 세우는 뜻깊은 시간을 보냈습니다. 앞으로
는 나를 위해 서서하는 독서와 앉아서 하는 여행을 즐기며 감사하고 행
복한 삶을 살아가고자 합니다.

행운/ 정영선

"Be kind, for everyone you meet is fighting a hard battle"이라는 플
라톤의 말처럼 다정한 말한마디를 건넬수 있는 친절한 사람으로, 아름
다고 우아한 세상을 꿈꾸며 매일 감사하는 삶을 살고 싶습니다. 친절
하고 좋은 분들과 함께 멋진 이야기를 하며 책을 만들게 되어 영광이고
감사했습니다.

여유/ 홍석재

"과거의 행복에 매달리지 말고 미래에 행복을 미루지 말자"는 마음으
로 하루를 살아내고자 합니다.
  소중한 이들과 함께한 이번 작업 역시 커다란 행복이었습니다. 책 속
에 담긴 행복이 많은 이들에게 전해지기를 바라봅니다.

차례

I부
봄의 여정

II부
여름의 여정

| 부

봄의 여정

알제에서 내가 이 책을 처음으로 읽었을 때

나는 스무 살이었다.

내가 그 책에서 받은 충격, 그 책이 내게,

그리고 나의 많은 친구들에게 끼친 영향에 대해서

오직 지드의『지상의 양식』이 한 세대에 끼친 충격 이외에는

비견할 만한 것이 없을 것이다.

- 알베르 카뮈

유은 안녕하세요?『섬』책을 읽고 다같이 한 자리에 모인 것은 처음
인 것 같아요. 저는 이 책을 읽으면서 개인적으로 굉장히 좋은
문장들을 만나서 너무도 행복했었고 그 기쁨의 순간들을 도반
들과 공유하고 싶어서 그간 마음이 두근두근했었습니다. 여러
분들은 이 책을 어떻게 읽으셨는지 무척 궁금하네요?

먼저 본인들이 가장 감명 깊게 읽었던 부분을 중심으로 이야
기를 나누어 보도록 할까요?
이 책의 저자인 장 그르니에는 유명한 철학자이자 교수이며
에세이스트인데 이분이 유명해진 계기는 아마도 카뮈라는 특
출한 제자를 둔 덕분이 아닐까라는 생각도 합니다. 알베르 카
뮈가 비교적 젊은 나이에 노벨문학상을 받았잖아요? 유명한
제자 덕에 그 스승의 작품들까지 세인들의 관심이 가지 않았
을까 싶은데 사실 그르니에의 글을 읽다 보면 그건 사실이 아
니고 결국 그의 작품이 가지고 있는 매력 때문이라는 생각을
가지게 됩니다. 장 그르니에의 에세이 중 대표작으로『섬』과
『지중해 영감』이 있는데 두 작품이 비슷한 듯하면서도 분위기
에 차이가 나는 쌍둥이 형제를 보는 것 같아요. 그 결의 차이는
추후 두 작품을 다 읽어 보신 후에 의견을 나누는 기회가 주어
진다면 좋을 것 같아요.

지중해는 유럽하고 아프리카 사이에 있는 바다를 말하는데, 두 대륙(땅) 사이에 있는 바다라고 해서 지중해(地中海)라고하지요. 그 바다를 인접한 지역이 엄청 광대한데 아프리카 북부 해안과 유럽의 남부 쪽이 모두 지중해에 인접한 고장들이고 동쪽으로는 소아시아라고 불리는 투르키예라든가 시리아, 레바논에 이르는 엄청 광활한 지역입니다.

『지중해 영감』은 지중해 자연의 아름다운 모습을 노래한 비교적 밝은 느낌의 기행 에세이라고 한다면, 상대적으로『섬』은 분위기 자체가 차분하고 관조적인 작품이라는 생각을 하게 됩니다. 카뮈가 말했듯이 "이 곁에 보이는 세상의 모습은 아름답지만 그것은 허물어지게 마련이니 그 아름다움을 절망적으로 사랑하지 않으면 안 된다는 사실을 그 모방 불가능한 언어로 말해 줄 필요가 있었다."라는 평은 이 작품의 기조에 흐르는 핵심 정서를 명확히 보여 주고 있어요.

이 책에 나오는 내용처럼 인생을 살아가노라면 감각적인 현실 속에서 누리는 기쁨과 행복도 중요하지만 그 속을 가만히 들여다보면 겉으로는 잘 드러나지 않던 절망과 불행, 슬픔도 있잖아요? 그런 '젊은 불안'을 망각하게 되는 순간마다 '찰나적 인생'임을 환기시켜 주는 작가의 글을 접하다 보면 읽기에 쉽지는 않지만 일상의 삶을 한번 되돌아보게 하는 기회를 제공한다는 점에서 의미 있고 재미있게 읽었을 거라고 저는 생각합니다.

먼저 돌아가면서 책을 읽은 전반적인 느낌들을 얘기를 하고 그 다음에 세부적인 내용으로 진행하면 좋을 것 같아요. 어느 분이 먼저 용감하게 읽은 소감을 얘기 해볼까요?

감사 처음에 읽을 때는 이 '공의 매혹'이라는 챕터처럼 어려운 부분을 왜 맨 앞장에다 놓았을까? 했는데 뒤로 갈수록 그래도 조금씩 읽기가 편해졌어요. 그리고 다시 읽으면서 이 챕터가 제일 공감되는 부분이 많아서 맨 앞에 배치했겠구나까지 생각했는데 글로 옮기려고 하니까 너무 어려웠어요. 상생이라든가, 죽음이라든가 하는 많은 철학적인 부분들이... 나머지 얘기는 이따가 또 하도록 할게요.

오롯 저는 이 책을 처음 펼치면서 저희가 교사로서 이 책을 접근할 것이냐 아니면 그냥 정말 철학책을 즐기는 한 인간으로서 이 책을 접근할 것이냐 이 두 접근의 기로에서 방향성을 정하고 들어가는 게 좋을 것 같았습니다.
저같은 경우는 후자의 입장으로 오롯이 철학적으로 이 책을 접근하고자 했는데 다른 분들은 또 교사로서 학교 상황에 접목시키며 고민해 보신 선생님들도 계실 것 같습니다. 그래서 다른 관점에서의 선생님들 이야기를 들으며 교사로서의 저 또한 돌아보는 계기가 될 수 있지 않을까 기대합니다.

유은   네, 굉장히 의미 있는 말씀을 해 주신 것 같아요. 작가는 글의 구성까지도 세세하게 자신의 의도를 잘 전달하기 위해 신경을 쓰는 경우가 있는데 왜 맨 앞에 〈공의 매혹〉이 배치되었을까 궁금하네요? 다섯 번 읽었다는 분의 의견이 궁금하네요.

오롯   저는 대략 다섯 번은 읽은 것 같아요. 다섯 번이라는 게 처음부터 끝까지 정독을 한 건 아니고 철학을 좋아하는 저에게도 술술 읽혀지는 책이 아니라서 일부 읽고 또 읽고 한 부분이 있었어요. 이전에 접했던 여타의 철학 책들과는 느낌이 많이 달랐었거든요. 그래서 처음 읽을 때는 단순히 눈으로만 읽고 다시 읽을 때 몇 개의 문장들을 표시해 놓고 그 부분들만 다시 마음으로 읽으려고 했습니다.
관심 있는 문장을 기점으로 앞뒤로 점차 범위를 넓혀 가다 보니 관심 있는 챕터도 생기고, 물론 다시 봐도 공감이 안 되는 챕터도 있었습니다. 제 상황에 따라서 책 안에 와닿는 구절이 매번 바뀌긴 했는데 여러 번 읽어도 와닿았던 부분, 또 작가와 대치되는 의견으로 의문을 품었던 부분들도 있었습니다.

소준 섬의 여러 가지 모습은 우리 삶의 장면과 태도를 냉소적으로 들여다보기도 하고 또 희망적인 태도로 뒤집어 보기도 해 보게 하는 장면들이었습니다. 글을 작가의 마음으로 분석하면서 읽기보다는 부담 없이 문장을 따라가다 공감되는 부분에서 만족하고 감동해 보는 것만으로 충분히 의미가 있지 않을까 생각했습니다. 때로는 옳을 수도 있고 틀릴 수도 있는 여러 선택과 이면들, 내게 전부일 것 같은 일들이 어쩌면 작은 점보다 중요하지 않을 수도 있다는 점 등을 생각해 볼 때 삶을 좀 더 여유롭게 바라보고 즐길 수 있는 나였으면 하는 마음이 들었습니다.

한별 저는 이 책을 남편과 함께 읽었습니다. 사실 제가 좀 더 수월하게 읽고 싶어서 남편에게 먼저 보게 한 후 책에 대한 간단한 서평을 듣고 읽기 시작하려고 했는데, 짧은 책이라 금방 읽을 줄 알았는데 시간이 좀 걸리더라고요. 책을 읽고 난 남편의 한 줄 서평은 책이 술술 읽히지 않고 내용이 어렵다였습니다.
남편의 서평을 들은 후 저도 책을 읽기 시작했습니다. 이 책이 일단 겉으로 보기에 그렇게 두껍지 않고 내용 자체는 많은 내용이 아니라서 글자를 읽는 데에는 시간이 오래 걸리지 않았는데 글의 내용이 한 번에 수월하게 이해되지는 않아서 저도 어떤 부분은 문장을 두 번 세 번 반복해서 읽고 넘어가기도 했습니다.

저도 어느 순간부터 책을 많이 읽는 편이 아닌데 일단 제가 좋아하는 책들이 동화책이나 소설책처럼 대체로 희망적이고 밝은 책을 좋아하는데 이 책을 색으로 표현하자면 무채색에 가까운 책이어서 더 읽기가 힘들었던 것 같습니다.

특히 저는 고양이 물루 챕터를 인상적으로 봤는데, 긍정적인 부분에서 인상적으로 본 것은 아니라 내용의 전개에 동의하기가 힘들고 약간의 반발심이 들어서 더 기억에 남습니다.

고양이 물루는 입양하게 된 길고양이를 결국 내가 이사를 가는 입장에서 데려갈 수 없으니 안락사를 시키는 내용인데 너무 인간 중심적인 내용의 전개라고 봤습니다. 고양이도 나름의 고양이 삶이 있는데 인간의 입장에서 고양이의 삶을 잡고 휘두르는 것 같아서 전형적인 동양적 사고를 가지고 배려와 타인의 입장을 중시 여기는 저로서는 이해할 수 없었습니다. 그리고 책 자체가 철학적인 사고를 많이 해야 하는 책이라 동화책처럼 단순한 사고를 좋아하는 저에게는 조금 많이 어려웠습니다.

화요일날 잠을 못 자서 조금 머리가 아팠는데 수요일 날 이 책을 읽으면서 어느 정도 읽다 보니 수면제의 효과가 있어서 아주 숙면을 취했습니다.

유은   베개로 사용하기에는 두꺼운 책이 좋은데 이 책은 수면용으로 사용하기에는 너무 얇아요. (모두 웃음)

한별   전체적으로 책의 내용이 어려워서 읽는 데 어려움을 겪긴 했지만 그래도 좋은 경험이었습니다.

"섬의 여러 가지 모습은 우리 삶의 장면과 태도를 냉소적으로 들여다보기도 하고 또 희망적인 태도로 뒤집어 보기도 하는 장면들이었습니다."

고양   저도 '공의 매혹'이 어려워서 포기를 하고 싶었지만 읽다 보니까 그 〈고양이 물루〉 부분은 오히려 저자와 제가 생각이 다른 부분이 있어서 더 재미있게 느껴지더라고요.
중간에 자신이 사랑하는 삶을 사는 고양이들은 이해받을 수 있지만 사람은 이해받을 수 없다고 이야기하는 부분이 있습니다. 그 부분을 읽으면서 인간의 삶에 대한 인식이 저자와 제가 다르다고 느껴서 오히려 더 재미있게 읽혔던 것 같습니다.

여유   저도 마찬가지입니다. 원래 저는 민음사 출판사 책을 학창시절부터 힘들어했던 것이 사실입니다. 이제는 제가 나이가 들었으니 조금은 문해력이 나아지지 않았을까 하는 기대를 했지만 스스로에 대한 과신이었음을 느꼈습니다.

먼저 독서에 깊이가 없는 사람들이 접근하기에는 다소 어려운 책이라는 생각이 먼저 들었습니다.

그래서 솔직히 조금 요령을 피워서 책을 읽었습니다. 예전에는 완독에 대한 강박이 있어 포기할 때가 많았지만 이제는 완독이 아니더라도 좋아하는 부분을 충분히 공감하고 사유하는 방법 역시 나쁘지 않음을 느끼고 있습니다.

너무 핑계 같지만 그래서 저는 좋은 문장을 찾아서 그 부분을 읽고 제 생각을 정리하는 것에 시간을 많이 썼습니다. 오랜만에 책을 읽으며 작가의 문장에 스스로 생각할 수 있는 시간을 가질 수 있음이 너무 좋았습니다.

유은　방금 여유님이 독서에 있어서 굉장히 중요한 관점들을 얘기한 것 같아요. 읽다 보면 때로 책을 완독을 해야 된다는 그런 고정관념이나 강박관념에 빠질 수 있는데 그런 생각은 과감히 버려야 해요. 드라마 보듯 만화책 보듯 책도 얼마든지 자유롭게 읽을 수 있잖아요. 그러니까 처음부터 끝까지 차례대로 읽어야 되는 거라든가 아니면 전체 내용을 빠짐없이 읽어야 된다는 강제성이 발현되면 책읽기가 즐거움보다는 숙제로 와닿을 것 같아요.

오히려 지금 여유님 말씀처럼 정말 필요한 부분만 발췌해서 읽을 수도 있고 아니면 거기서 중요한 문장 하나를 찾아서 그걸 가지고 아까 어느 부장님처럼 걸으면서 사색을 하고 문장의 의미를 곱씹다 보면 훨씬 의미 있는 독서가 되지 않을까요? 그러면 그 자체로도 책을 읽었다라고 당당하게 말할 수 있지 않을까요? 그러니까 책을 읽으면 90%, 100%를 다 읽어야 읽는 게 아니라 그 중에 한 문장을 읽었지만 그 문장에서 좋은 내 생각을 가졌으면 나도 책을 읽었다라고 얘기할 수 있는 그런 독자 중에 들어가지 않을까 그런 생각을 하면 좀 편하죠.

행운 저는 원래 철학을 좋아하는 편이고 학창 시절부터 민음사 책을 좋아했습니다. 그리고 민음사의 세계문학전집도 많이 읽으며 학창 시절을 보냈습니다. 민음사에서 출판되었던 마르케스의 『100년의 고독』은 제가 제일 재미있게 읽은 책이기도 합니다. 장 그르니에의 섬을 읽다 보니 한참 책을 많이 읽던 그 시절이 생각이 나면서 왜 나는 그때처럼 책을 읽지 않는가라는 자문을 해 보게 되더군요.

그 시절 열심히 책을 읽던 내가 진정한 나인지 아니면 지금은 첫 장부터 이해도 안 되고 잘 읽히지 않는 지금의 내가 진정한 나인지 장자의 호접몽이라는 이야기까지 생각이 나면 지금의 저의 모습에 대해 많이 생각해 보는 시간이 되었습니다.

첫 장부터 어떻게 하지 이해도 안 되고 읽히지도 않고 그런 걱정 속에 계속 이렇게 넘기면서 저도 읽기는 읽었으나 머릿속에 들어오는 내용은 별로 없었습니다. 그런데 끝부분에 와서 마지막 보로메 섬들을 읽을 때, 그때부터 마음의 평화가 찾아오면서 읽히더라고요.

그러니까 근데 지금 다른 분들 말씀 들어 보니까 이게 보로메 섬부터 읽혔던 게 아니고 여기서부터 조금 쉬웠나 보네요. 앞부분이 어렵다가 뒤로 갈수록 조금 쉬워진다는 그 말씀이 많이 이해가 되네요. 그래서 그랬는지 상상의 인도, 보로메 섬 등 뒷부분은 철학적인데다가 몇 장 안 되는데 여기 읽으면서 모든 구절들에 의미를 부여하며 생각을 많이 하게 되더라고요.

여기 보로메 섬들 첫 장 빼고는 보로메 섬들 나오는 모든 글이 한 구절도 빠짐없이 너무너무 좋더라고요.

173쪽은 저의 지난날에 한참 막 뮤지컬 보러 다니고 맨날 책을 읽고 맨날 그랬던 그 시절이랑 그 시절에 했던 것들이 다 생각나게 하는 모든 구절들이었고 또 174쪽도 한 구절 한 구절마다 되게 좋더라고요.

유은　굉장히 문학소녀다운 모습을 보여 주었네요. 이 책에서 읽기
에 좀 어려운 부분이 〈공의 매혹〉이 아니었을까 생각해요. 내
용 자체도 철학적인 데다가 처음부터 그르니에의 철학에 익숙
하지 못한 경우에는 무척이나 낯설게 느껴졌을 겁니다. 어렵
고 부담스러울 수 있고, 〈상상의 인도〉도 굉장히 내용이 어렵
거든요.

그거 빼고는 예컨대 〈이스터섬〉이나 〈고양이 물루〉 같은 경우
는 그냥 일상에서 접할 수 있는 일화를 배경으로 기술되어서
접근하기가 쉬웠을 것 같고, 또 〈보로메 섬들〉이나 〈사라져버
린 날들〉도 읽기에 괜찮은 내용이 아니었는가 싶은데요.

혹시 이 『섬』이라고 하는 책 제목이 의미하는 바에 대해서 생
각해 본 분이 있나요?

감사　네 저는 제목에 대해서 고민만 하다가 답은 못 찾았고 여기 나
오는 섬들을 찾아보면서 책을 읽었습니다. 혹시 뭔가 연관성
이 있지 않을까 해서요. 그런데 맨 마지막에 번역한 사람이 쓴
부분에서 그냥 제목에 대해서 저마다의 마음속에 떠도는 섬이
라는 표현을 보면서 사람들은 혼자서 고립되어 있지만 자기만
의 섬을 찾아가려고 하는 그런 걸 전달하기 위해서 섬이라고
하지 않았을까? 인간은 혼자 고립된 존재고 희노애락, 행복,

죽음 이런 일련의 사건 속에서 항상 혼자 있는 섬과 같고 이 책에 있는 내용들이 섬과 같이 고립된 인간의 삶과 연관되어서 제목을 그렇게 정하지 않았을까 하고 생각합니다. 처음에 읽을 때는 이해하기 어려웠는데 두 번째 읽을 때는 모든 문장이 의미 있어 보여서 밑줄을 긋고 플래그를 붙이면서 읽었습니다. 세 번째 읽을 때는 이거 왜 줄쳤지 하는 부분도 많았고요.

유은　　맞아요. 줄 쳤다가 나중에 보면 '여기 왜 줄을 쳤지? 별로 의미가 없는 부분인데?'라는 생각이 들 때가 있어요. 그래서 요즘은 진한 볼펜으로 줄 치는 것보다는 연필이나 샤프로 치는 게 좋더라고요. 예전에는 형광펜으로 칠했었는데 나중에 보면 지저분하기도 하고 다시 읽다 보면 덜 중요한 부분이라 생각이 들어도 지울 수도 없잖아요. 그래서 이제 요즘에는 샤프펜슬로 그냥 주욱 긋는 편이지요.

행운　　저도 감사님과 거의 비슷한 의견인데 낯선 곳의 고독함 안에서 비밀을 간직한 나로부터 비로소 나 자신을 알아차리게 되고 그제서야 비로소 존재하기 시작한다라는 내용이 있었는데 그런 고독함 안에서 나름 존재를 찾을 수 있기 때문에 그런 의미로 쓰지 않았을까라는 생각이 들었습니다.

"그런데 끝부분에 와서 마지막 보로메 섬들을 읽을 때,
그때부터 마음의 평화가 찾아오면서
잘 읽히더라고요."

유은   공감합니다. 이 책에는 여행이라고 하는 주제, 행복, 비밀, 상상, 죽음, 외로움, 비밀 이런 것들이 나오는데 이런 주제들이 인생의 영원한 테마이고 또 살면서 여러 가지 고민하는 그런 것들이잖아요?

그러니까 그런 주제들 하나하나를 가지고 섬이라고 하는, 아까 우리 기쁨님이 얘기한 것처럼 인생에 있어서 필연적으로 만나게 되는 어떤 과제를 하나의 섬으로 상징화했다는 생각이 드네요.

그럼 오늘부터 본격적으로 8개의 멋진 섬들을 탐험해 볼까요?

1. 첫 번째 섬: 공의 매혹

늦여름의 어느 날 오후 나는 해변에 앉아서 파도가 일렁이는 것을
바라보며 내 숨결의 리듬을 느끼고 있었다.
그런데 바로 그 순간 나는 나를 둘러싸고 있는 모든 것이
하나의 거대한 우주적 춤을 추고 있다는 것을 돌연 깨달았다.
『현대물리학과 동양사상』 / 프리초프 카프라

유은　여기 계신 토론자는 이제부터 섬을 탐험하는 여행자가 되는
거예요. 그러면 먼저 〈공의 매혹〉부터 탐험해 볼까요? 여러분
들이 감동을 받아서 줄 친 부분이 있으면 우선 그것부터 발표
해 보시면 좋을 것 같습니다.

오롯　31쪽에 보면 "사람이 자기 주위에 있는 것들을 무시해 버리고
어떤 중립적인 영역 속에 담을 쌓고 들어앉아서 고립되거나
보호받을 수는 있다. 그것은 즉 자신을 몹시 사랑한다는 뜻이
며 이기주의를 통해 행복해질 수 있다는 뜻이다."라고 작가는

자신이 행하지 못할 이상에 대해 이야기 하면서 결국 삶이 비극이라 말하고 있는데 평소 제가 생각하는 가치관에 부합하는 구절이라 한 번 더 읽었습니다. 평소 전 자신을 사랑 혹은 보호하기 위한 방편으로 이기심을 부리기도 하고 그럴 때면 외부의 자극에 상처받거나 하지 않을 수 있다고 생각했던 적이 있었거든요.

유은 〈고양이 물루〉 챕터에도 그런 내용 나오지요? 자기는 자기만 위해서 살았다고 생각했는데 실제로 남을 위해 살아서 병이 생겼다는 그런 얘기가 나오거든요.
흔히 말하듯 남을 위한다는 게 남을 위해 봉사하고 이타적 행위를 하라는 의미가 아니라 여기서는 남을 의식하면서 산다는 의미로 보여요.
그러니까 남을 위해 살 게 아니라 나를 위해 살아야 한다는 거지요. 그게 그런 맥락에서 이기적이라는 것은 정말 내가 좋아하는 거, 내가 하고 싶은 것을 위해 사는 것. 그런 의미의 이기주의인 것 같아요.

유은 어려운 내용을 잘 찾아 주셨네요. 혹시 또 〈공의 매혹〉에서 다른 감동적인 문구 찾은 것 있을까요?

여유   저도 하나 찾았습니다. 32쪽 제일 마지막 세 번째 줄 보면
"가장 못한 것이 오직 다르다는 이유로 널리 쓰일 수도 있다.
가장 좋은 것도 없고 가장 못한 것도 없다. 이때 좋은 것이 있
고 저 때 좋은 것이 있다."입니다.
저는 이 문장이 좋아서 간단히 정리해 보았습니다. 정리한 글
을 읽어드립니다.

우리는 지금의 나에 사로잡혀 선택한다. 마치 정답이라도 있는
것 마냥.
내가 가진 생각들은 당시의 상황, 정보, 환경 등으로 이루어진
것이며 완벽할 수 없다.
하지만 이를 쿨하게 인정하는 사람은 많지 않다. 특히 요즘 사
회는 더욱 그렇다.
MZ와 꼰대라는 용어에서도 볼 수 있듯이 서로의 다름을 단순
히 세대의 차이로 치부하기도 하고, 생각의 차이를 편향적 사고
나 정치적 의도로 바라보며 비난과 혐오로 대응하기도 일쑤다.

존중과 배려를 가르치는 학교는 어떠한가?
학교에 대한 신뢰와 권위는 점차 희미해지고 있다.
내 생각만이 옳다라 주장하는 아이들과 이를 당연하게 치부하
는 학부모는 교사들의 남은 사기마저 꺾고 있다.

이는 확증편향에 빠져 있는 우리 사회의 단면이라 생각한다.

타인의 생각과 의견을 진심으로 공감하고 청취하는 것이 아니라,

"그래, 네 생각이 그렇다는 건 알겠는데, 내 생각이 옳아."라고

모두들 말하는 듯하다.

위 문구를 읽으며 나부터 생각을 비우려 노력해야겠다고 다짐

했다.

〈공의 매혹〉이란 소주제처럼 머릿속을 비우고 타인의 생각을

진심으로 받아들이는 연습이 필요하다. 내가 매일 만나는 아

이들에게 특히 말이다.

내가 더 먼저 태어났고, 더 많은 경험을 했다는 이유만으로 아

이들의 생각과 마음을 지나치지 않았나 반성해 본다.

유연한 사고를 지닌 어른과 함께 자란 아이들은 자연스레 존

중과 배려를 배우게 될 테니 말이다.

우리의 교육은 거기서부터 시작된다 생각한다.

유은　그렇죠. 이때에 좋은 것도 있고 저 때에 좋은 것도 있다.

이런 것도 굉장히 스펙트럼이 넓게 사용될 수 있는 좋은 말이

네요. 물건도 마찬가지죠. 사람도 마찬가지고요. 직업도 마찬

가지고요.

행운   몰랐는데 이 〈공의 매혹〉도 되게 좋은 게 많아요. 좋네요.

유은   〈공의 매혹〉 부분에서 첫 문장은 마음에 안 들었나요?

"저마다의 일생에는 특히 그 일생이 동터 오르는 여명기에는 모든 것을 결정짓는 한순간이 있다."
저는 굉장히 마음이 푹 빠졌던 문장인데 혹시 우리 선생님들은 그런 시기가 없었나 딱 보면 교사가 된 사람들은 사실은 다 이거 이런 것도 있잖아요?
내가 지금 교사가 돼 있잖아요? 시간을 거꾸로 돌려 보면 어느 순간과 마주치게 되죠. 초등학교 때라든가 중학교 때 어떤 좋은 선생님을 만나면서 선생님 해 봐야지 이런 생각을 가지게 되는 것도 어떻게 보면 인생에 있어서 특히 내가 교사라고 하는 입장에서 보면 그런 내 인생을 결정지은 한 순간이 아니었던가 하는 그런 생각 말이에요.
그 옆의 문장도 굉장히 매력적인데요. "그 순간을 다시 찾아내는 것은 어렵다. 콕 짚어서 말하기는 어렵지만 점진적으로 그런 순간들이 퇴적 속에 깊이 쌓여 가지고 나중에 보면 발견되기도 한다." 이런 내용도 굉장히 좋았던 것 같거든요.

고양   저도 첫 문장이 너무 좋아서 표시를 해 뒀습니다. 올해가 저에겐 일생이 동터 오르는 여명의 순간이라는 생각이 들어서요. 그리고 첫 문장을 읽으면서 처음 입사했을 때, 학교에 처음 입학했을 때 등 사람에 따라 각기 다른 자신의 여명의 순간을 떠올리게 되지 않을까 하여 멋진 문장이라고 생각했습니다. 그리고 처음엔 저한테 맞는 문장이라고 생각해서 표시를 해 뒀는데 더 생각을 하다 보니까 학생들도 생각이 나더라고요. 학생들 각자의 여명기를 밝혀 주기 위해서는 교사가 더 세심하게 주의를 기울여야겠구나 하는 생각도 했습니다.

*"살아가면서 공(空)의 도화지에다 욕망이 이끄는 대로
다양한 시도를 하게 되잖아요? 이럴 때 설렘과 더불어
두려움도 있는 것 아니겠어요?"*

유은   31쪽 아랫부분에서 두 번째 줄 보면 두 문장도 전 재밌었거든요.
"대국적인 견지에서 보면 삶은 참 비극적인 것이다.
바싹 가까이서 보면 삶은 터무니없이 없을 만큼 치사스럽다"

이 문장도 매우 공감한 문장입니다. 밖에서 보면 우아한 것처럼 살고 있지만, 멋지게 보이려고 화가 나도 참고, 속은 부글부글 끓어도 애써 대범한 척 살아가는 경우가 얼마나 많습니까? 하지만 러시아워 때 택시를 타면 미터요금 올라가는 소리만 나

도 속이 타는 존재가 우리 인간이란 나약한 존재일 텐데. 정말 남과의 관계에서 겉으로 드러나지 않는 치사스러운 그런 생각들, 행동들을 떠올리며 혼자 속으로 웃었습니다. 그런 생각을 하며 이 문장을 접했을 때 어쩜 이렇게 내 마음들을 문장으로 잘 표현했을까 하는 생각을 하며 많은 공감이 되더라고요.

32쪽 5째 줄에 보면 "이것이 저것보다 더 낫다고 여겨지는 때도 있다." 아까 나온 것처럼 이것보다 저것이 낫다고 여겨지는데 이런 것들이 엄청 많잖아요.
그래서 항상 우리 인간들은 생각 없이 좀 더 좋아 보이는 것 둘 중에 선택을 해야 되고 우열을 가리는 활동을 많이 하는데 이런 문장을 통해서도 좀 반성하게 되는 거 같아요.
항상 선택을 하려고 하는 순간 그런 것을 좀 앞으로는 좀 줄여보자 이런 것들 그런 생각할 수 있을 것 같아요.

감사　유은님! 저는 이 문장의 의미를 이해하기 힘들었는데 33쪽 '공의 매혹이 뜀박질로 인도하게 되고 우리가 외발로 딛고 뛰듯 껑충껑충 이것저것으로 뛰어가게 되는 것은 이상할 것 없다. 공포심과 매혹이 한데 섞인다.' 이 부분을 어떻게 해석을 해야 되는지.

유은   세상에 발을 디디게 되면 기묘한 악마의 유혹을 받는다 했잖
아요? 왜 안 사? 왜 안 골라? 등등......
살아가면서 공의 도화지에다 욕망이 이끄는 대로 다양한 시
도를 하게 되잖아요? 이럴 때 설렘과 더불어 두려움도 있는 것
아니겠어요?

〈공의 매혹〉 이런 문장도 마음에 들어요.
"말없이 어떤 풍경을 고즈넉이 바라보고만 있어도 욕망은 입
을 다물어 버린다."
어느 날 여행지에서 낯선 바다를 바라봤더니 너무 아름다운
풍경이 펼쳐져 있었어요. 우리는 항상 욕망으로 가득 찬 존재
들인데 그 아름다운 풍경을 보는 순간 숨이 멎는다 하잖아요?
욕망이 한순간에 사라지면서 다 비는 거예요. 그 광경에 그냥
몰두하는 거거든요. 그러니까 욕망의 순간이 공의 순간으로
바뀌는 거예요.
그러니까 색즉시공(色卽是空)이 바로 불교 경전인 반야심경에
글귀에서 말하는 그런 상황이에요.
물질의 세계, 어떤 욕망으로 가득 찬 세계인데 그것들이 텅 빈
공으로 그냥 확 바뀌는 순간이지요. 작가가 인도 철학이나 불
교에 관심이 많았다고 생각돼요.

작가는 어렸을 때 그런 공의 매혹을 감각적으로 느끼게 되면서 철학자로서의 어린 시절은 확실히 보통사람들과 달랐다는 생각이 드네요.

감사　카뮈가 이 책을 처음 읽으면서 빨리 읽고 싶었다는 부분을 읽으면서 대단한 사람 같다고 생각했습니다. 어려운 책이라 어느 부분에서 빨리 읽고 싶었는지 이해하기 힘드네요.

유은　카뮈의 지적 수준이 이 정도 되는 거예요. 저도 어릴 적 너무 좋아했던 「장성 두통이」라는 두꺼운 베트남전 배경의 만화책을 갖게 된 적이 있어요. 너무 좋아서 하교 때 대충 훑어보다가 냅다 집으로 달려와서 읽었던 기억이 오버랩되네요.

감사　장 그르니에도 그렇고 카뮈도 뭔가 평범한 사람과는 사유의 수준이 다른 것 같아요.

유은　이 챕터를 읽으면서 그동안 무심히 지나쳤던 우리들의 사고와 행동을 다시금 돌아보는 소중한 기회였던 것 같아요.

유은	저마다의 일생에는, 특히 그 일생이 동터 오르는 여명기에는 모든 것을 결정짓는 한 순간이 있다. 그 순간을 다시 찾아내는 것은 어렵다. 그것은 다른 수많은 순간들의 퇴적 속에 깊이 묻혀 있다.
행운 여유 기쁨	가장 좋은 것도 없고 가장 못한 것도 없다. 이때에 좋은 것이 있고, 저 때에 좋은 것이 있다.
고양	공의 자리에 즉시 충만이 들어앉는다. 내가 지나온 삶을 돌이켜 보면 그것은 다만 저 절묘한 순간들에 이르기 위한 노력이었을 뿐이라는 생각이 든다.
감사	대국적인 견지에서 보면 삶은 비극적인 것이다. 바싹 가까이에서 보면 삶은 터무니없을 만큼 치사스럽다. 삶을 살아가노라면 자연히 바로 그 삶으로부터 자신을 방어해야겠다는 생각이 들고 절대로 그런 것 따위는 느끼지 않고 지냈으면 싶었던 감정들 속으로 빠져들게 마련이다.
소준	사람이 자기 주위에 있는 것들을 무시해 버리고 어떤 중립적인 영역 속에 담을 쌓고 들어앉아서 고립되거나 보호받을 수는 있다. 그것은 즉 자신을 몹시 사랑한다는 뜻이며 이기주의를 통해서 행복해질 수 있다는 뜻이다.
오롯	내 앞에 나타난 것은 파멸이 아니라 공백이었다. 입을 딱 벌린 그 구멍 속으로 모든 것이 송두리째 모든 것이 삼켜져 버릴 판이었다. 그날부터 나는 사물들이 지니고 있는 현실성이란 실로 보잘것없다는 사실에 대하여 생각을 되씹어보기 시작했다.

2. 두 번째 섬: 고양이 물루

"한가해 보이는 사람들도, 마음속을 두드려 보면,

어딘가 슬픈 소리가 난다."

『나는 고양이로소이다』 / 나쓰메 소세키

유은 이제 두 번째 섬에 상륙해볼까요? 제목이 〈고양이 물루〉 네요.

고양이 혹시 길러본 적 있나요?

요즘은 반려동물로 강아지나 고양이를 많이 키우는 것 같아요.

저는 이 부분을 박웅현의 『책은 도끼다』를 읽다 알게 되었어요.

57쪽을 보면 박웅현 작가가 고양이의 특성을 한 줄로 표현하는

그르니에의 날카로운 시선에 감탄하는 부분이 나옵니다.

"고양이라는 놈들은 일체의 노동이란 노예 생활이라고 여기고

여기는 사치스러운 존재"라고 표현하는 부분인데 저도 공감합

니다.

고양이하고 개를 길러 본 분들은 이해가 쉬울 겁니다. 고양이

란 녀석들은 집 안에서 일 같은 걸 하지 않아요, 그리고 엄청 거만해요. 주인이 와도 강아지처럼 엄청 반가워하는 것도 아니고요.

그러니까 그런 것들을 딱 이 한 문장으로 표현한 걸 보면 기막힌 통찰력인 것 같아요.

저도 이 문장을 보면서 이 챕터에서 꼭 적어 두고 기억하고 싶은 그런 문장이에요.

감사 61쪽 '하루하루 잊지 않고 찾아오는 날들을 견뎌 내려면 무엇이라도 좋으니 단 한 가지의 대상을 정해 그것에 여러 시간씩 골똘하게 매달리는 것보다 더 나은 일은 없다.' 이 문장이 지금 제가 처해 있는 상황과 비슷해서 많이 공감되는 부분이었어요. 저는 생각이 많아질 때 소설책, 자기계발서 등을 읽거나 영화를 보면서 스트레스나 잡념을 없애는 편이거든요. 아까 유은님께서 맨발 걷기를 하면서 한 문장을 가지고 사색을 하신다고 말씀하시더라고요. 그래서 잡념을 없애기 위한 독서도 필요하지만 생각을 좀 깊이 있게 하고 사색을 위한 이런 독서 쪽으로 방향을 바꿔 봐야 되지 않을까 하는 여러 가지 생각들이 드네요.

행운 저도 똑같은 부분에 밑줄을 그었는데요.

하루하루 잊지 않고 찾아온 날들을 견뎌 내려면 무엇이라도 좋으니 단 한 가지의 대상을 정해 그것에 여러 시간씩 골똘하게 매달리는 것보다 더 나은 일은 없다는 글을 읽으며 다들 이렇게 사나 보다, 나만 그런 게 아니고 모두들 이렇게 하루하루를 살고 있었구나 하는 생각을 하면서 약간 슬프게 읽었던 구절입니다.

감사 저도 이 부분이 공감되는 이유가 집에 있는 아이들 키울 때는 애들한테 몰두하다가 이런 시기가 약간 지나고 나니까 그냥 의미 없는 날들이 자꾸 찾아오는 이런 날들이 좀 많아지는 것 같아요.

유은 그렇죠. 그 의미 없는 날들을 이제 뭘로 채울 것인지 고민해 봐야 하는 거죠.

행운 그런데 이 책을 전체적으로 관통하는 제 느낌은 아까 말씀드렸듯이 해탈의 경지에 이르는 삶을 바라보는 관점 그런 것 같습니다. 그리고 해탈의 경지가 이 보르네 섬들에서 완전히 그게 끝까지 차오르는 것 같았어요.
정말 해탈의 경지에 이르면 모든 것을 배우게 되고 이해하게 되는 그런 것 같았습니다.

유은   43쪽을 한번 보실래요?

43쪽 하단에 고양이가 다리를 펴는 것을 표현한 부분이 나오거든요.

"고양이가 다리를 반쯤 편다면 그것은 다리를 펴는 것이 필요하기 때문이고 또 다리를 반쯤만 펴는 것이 필요하기 때문이다."라며 철저한 필연성에 대해 얘기하는 부분이 나와요.

우리 인간들은 살면서 고양이처럼 필연성에 부합한 행동을 하는가 하는 생각을 하게 되었어요. 우리가 밥을 먹을 때 정말 밥이 꼭 필요해서 먹는가 보면 우리는 사실은 충분히 밥을 먹어서 배가 부름에도 불구하고 맛의 유혹을 못 이겨 과식을 한다든지 하는 경우가 많죠? 이런 필연적이지 않은 것에 목숨을 거는 게 많은 존재들이에요.

우리가 쇼핑을 할 때도 적용해 보면 많은 반성을 하게 되지 않을까요?

그런데 이 고양이는 정말 딱 자기에게 필요한 것만 하는 거예요.

이런 좋은 문장을 통해서 또 깨달음을 하나 얻었어요.
굉장히 좋은 문장이라는 생각이 들더라고요.

"저는 잡념을 없애기 위한 독서도 필요하지만
생각을 좀 깊이 있게 하고 사색을 위한
이런 독서 쪽으로 방향을 바꿔 봐야 되지 않을까 하는
여러 가지 생각들이 드네요."

고양 궁금한 게 있었는데 44쪽 밑부분 '물루가 자신이 고양이인 것에 만족해하듯이 인간들은 자신이 인간인 것에 만족해한다. 그러나 물루의 생각은 옳지만 그들의 생각은 틀렸다. 인간 인간의 입장은 성립될 수 없다.' 이렇게 얘기를 하는데 그 이유는 뭘까요?

한별 제 생각이 정답이라고 할 순 없지만 제가 이해한 바를 나눠 보자면, 43쪽에 보시면 두 번째 줄에 '물루는 행복하다. 세계가 저 혼자 자 끝없이 벌이는 싸움에 끼어들면서도 그는 제 행동의 동기가 되는 환상을 깨려 들지 않는다. 놀이를 하되 놀고 있는 스스로의 모습을 바라볼 생각도 하지 않는다.' 라는 문장이 나옵니다. 그리고 44쪽에 '나 스스로를 돌이켜 보노라면 이런 완전함은 나를 슬프게 한다. 나는 내가 인간이구나 하는 느낌을 갖게 된다.'라는 표현이 나옵니다. 저는 이 부분을 고양이와 다른 불완전함을 보며 내가 인간이구나 하는 생각을 한다고 이해했습니다. 고양이는 타인의 시선을 신경 쓰지도 않고 자신이 해야 되는 역할에만 몰두를 하고 있고 거기에 대해서 생각을 하지 않고 마땅히 해야 할 일을 하지만 사람들은 더 복잡한 존재이고 항상 생각에 근거하여 어떤 일을 하고 모두가 다르고 상대적이니 어떻게 보면 마땅히 해야 될 일이라는 무엇인가가 없기 때문에 이게 완전함이 성립이 안 된다고 하는 것이라고 생각을 했습니다.

유은 그러니까 아까 나온 내용과 비슷한 거예요. 다리를 펴는 것을 보면 고양이는 정말 마땅히 해야 되는 일이라 그 일을 하는 건데 우리 사람들은 지금 우리 부장님이 얘기한 것처럼 내가 마땅히 해야 하는 필연성보다는 남을 의식한다든지, 그런 잉여의 요인, 즉 자기 욕망에 의해서 하는 많은 행동들이 많아서 고양이하고 우리 인간을 비교했을 때 고양이는 옳지만 인간의 행동들을 자세히 들여다보면 잘못된 것이 보인다는 것이지요.

한별 이 부분에서도 보면 결국 완전할 수 없는 인간이라 완전히 행복할 수도 없는 것 같습니다.

유은 그렇죠. 인간에 비해 이 동물적인 삶은 사실은 단순한 삶이잖아요.
어떤 책에서 농담 반 "개같이 살아라." 하는 표현이 있어요. 나쁜 말이 아니라 배고플 때 밥 먹고 자고 싶을 때 자라는 거지요. 사람은 그렇지가 않다는 거지요. 그런 의미에서 동물처럼 단순한 삶, 필연적인 삶으로 생활을 단순화시킬 필요가 있다는 생각을 하게 됩니다.

한별   그리고 저는 이 챕터 마지막 부분인 74쪽에 '제가 좋아했던 정원에, 제 집으로 여기며 지냈던 정원에 묻혔으니 부유한 로마 사람들만큼이나 행복하다.'라는 내용의 문장들에 전혀 동의할 수 없어서 이 부분을 읽으면서 개똥밭을 불러도 이승이 낫다는데 고양이의 행복을 왜 인간이 판단해서 안락사를 시키는지 이해할 수가 없었습니다.
그렇지, 인간인 나는 알고 있다. 너는 죽어서 여기 묻혔으니 행복하다고 생각하는 게 어떻게 보면 본인 만족이고 안락사에 대한 자기 합리화일 뿐인 것 같습니다.

유은   그러니까 고양이를 꼭 안락사를 시켜야 했느냐 그런 생각은 우리가 봤을 땐 이해하기 어렵죠.
동의하기 좀 어려운 부분이 있죠.

한별   고양이는 여기 말대로 고양이의 삶이 있으니 고양이의 삶을 살면 된다고 생각합니다.

유은 그러니까 그런 관점에서 보면 아까 지금 동의하기 어렵다는
부분이 바로 그런 것 같아요.
이 상황에서 '작가가 꼭 고양이를 안락사를 시켜야만 했을까?'
라고 생각해 보면 저는 아니라고 생각하거든요.
안락사의 문제를 가지고도 토론할 수 있는 그런 좋은 챕터가
아닌가 생각하네요.

감사 66쪽에 보면 중간에 '우리는 우리가 사랑하는 사람들의 고통을
당사자보다도 더 감수하기 어려워하는 것인지도 모른다.' 이
문장에서 크게 나가면 사회적인 문제도 그렇지만 우리 집에
있는 애들을 보면 본인은 괜찮은데 제가 그냥 힘들어서 자꾸
간섭하고 잔소리하고 그렇게 되는 것 같아요.

"저도 사실은 다른 사람들과
의사소통을 하거나 이야기를 나눌 때
진심으로 이야기를 나누지 않았던 것 같아요."

행운 이 아래에 있는 예시도 굉장히 구체적입니다. 차라리 죽어 버
리는 꼴을 보는 편이 낫겠다고 말하는 것이었다는 표현을 보
세요.

유은   그러니까 결국은 이게 아까 얘기한 대로 굉장히 인간적인 관
점이라는 말이죠.
내가 보는 게 너무 고통스러워. 그러니까 이 고양이가 고통스
러워하는 것을 지켜보는 것이 너무 힘들기 때문에 안락사가
낫겠다는 판단을 하는 것인데 결국은 자기 위안이고 자기 합
리화죠.

유은   그러면 이 장을 정리하는 차원에서 소감 한마디씩만 하고 끝
냅시다.

오롯   오랜만에 이렇게라도 책을 접할 수 있어서 좋았고 생각 없이
살았던 삶에서 한번쯤 멈춰 생각해 볼 시간이 있어서 좋았습
니다.

감사   물론 어려워서 잘 못 읽은 부분도 있지만 이렇게 이야기를 나
누면서 내가 내 마음대로 해석하면서 엉터리로 막 읽은 부분
도 많구나 하는 생각이 드네요. 나이가 들면서 제가 보고 싶은
대로 보고 생각하고 싶은 대로 생각하는 경향이 많아지는 것
을 평소에 많이 느끼는데 책 읽은 이야기를 나누면서 여러 가
지로 반성도 좀 하게 됐습니다.

행운   오늘따라 감사 님과 제가 좀 약간 많이 통하는 것 같은 생각이 드네요. 저도 사실은 다른 사람들과 의사소통을 하거나 이야기를 나눌 때 진심으로 이야기를 나누지 않았던 것 같아요. 어차피 저 사람도 안 바뀔 거고 나도 안 바뀔 거고 그런 생각들이 많이 있었기 때문에 나의 의견을 피력하는 것도, 다른 사람의 의견을 열심히 듣는 것도 잘 안 하게 되었던 것 같은데 오늘 이렇게 다른 분들 읽은 내용 및 감상을 들어 보니까 공감도 많이 되고 어려웠던 책의 내용이 과외 수업을 받는 것처럼 더 잘 이해가 되고 『섬』이라는 이 책을 통해 서로 공감하고 소통할 수 있는 계기가 되어 참 좋게 느껴지네요.

앞으로 더 열심히 읽어 봐야겠다는 동기부여가 되는 것 같아요.

여유   저도 이렇게 함께 책을 읽고 이야기를 나눌 수 있어 뜻깊은 시간이었습니다.

고양   저도 혼자 읽을 때는 너무 어렵기만 하고 지루하기만 했는데 이야기를 같이 해 보니까 더 읽어 보고 싶은 마음이 더 들었습니다. 그리고 조금 더 배경지식이 있으면 더 잘 읽힐 것 같아서 관련 내용을 더 공부하며 읽어 봐야겠다는 생각이 들었습니다.

한별   일단 저는 이 책이 좀 어려워서 문장의 흐름이나 내용이 눈에
      확 안 들어와서 그것 때문에 좀 어려움을 겪었고 문장 하나하
      나를 해석하기보다는 전체적인 내용을 보려고 했던 것 같습니
      다. 그런데 지금 같이 이야기 나누고 하다 보니까 부분 부분 좋
      은 구절들이 많아서 그런 구절들도 한번 눈여겨보면서 다시
      한번 읽어 봐야 되겠다는 생각이 들었습니다.

유은   함께 읽으면 혼자 읽는 것보다 확실히 장점이 많은 것 같아요.
      다양한 기능을 장착한 렌즈를 써서 안 보이던 게 더 잘 보이는
      것 같아서 유익한 시간이었네요.

기쁨	그들의 휴식은 우리들의 노동만큼이나 골똘한 것이다. 그들의 잠은 우리들의 첫사랑만큼이나 믿음 가득한 것이다.
소준 오롯	짐승들의 세계는 침묵과 도약으로 이루어져 있다.
감사	하루하루 잊지 않고 찾아오는 날들을 견뎌 내려면 무엇이라도 좋으니 단 한 가지의 대상을 정해 그것에 여러 시간씩 골똘하게 매달리는 것보다 더 나은 일은 없다.
고양	우리가 어떤 존재들을 사랑하게 될 때면 그들에 대해서 얼마나 하고 싶은 말이 어찌나 많은지, 그런 것은 사실 우리 자신에게밖에는 별 흥밋거리가 되지 못한다는 사실을 제때에 상기하지 않으면 안 된다.
한별 행운	인간들을 서로 구별 지어 주는 것은 사실 그들의 이른바 사상이란 것이 아니라 행동이다.
유은	대양 속의 소금같이 허공 속의 외침같이, 사랑 속의 통일같이, 나는 내 모든 겉모습 속에 흩어져 있답니다. 당신이 원하신다면 그 모든 겉모습들은 저녁의 지친 새들이 둥지에 들듯 제 속으로 돌아올 거예요. 고개를 돌리고 순간을 지워 버리세요. 생각의 대상을 갖지 말고 생각해 보세요. 제 어미가 입으로 물어다가 아무도 찾아낼 수 없는 곳으로 데려가도록 어린 고양이가 제 몸을 맡기듯 당신을 가만히 맡겨 보세요.
한별	고양이가 다리를 반쯤 편다면 그것은 다리를 펴는 것이 필요하기 때문이고 또 다리를 꼭 반쯤만 펴는 것이 필요하기 때문이다. 희랍 꽃항아리들의 가장 조화로운 윤곽에도 이토록 철저한 필연성은 없다.

유은	일체의 노동이란 노예 생활이라고 여기는 사치스런 존재.
행운	사실 언제나 똑같은 내용이긴 하지요. 그렇지만 사랑하는 마음을 나타내려고 할 때 '나는 당신을 사랑합니다.'라는 말 이외에 다른 무슨 말을 할 수 있겠습니까? 사랑은 마음속에서 모든 순간들과 모든 존재들을 하나로 합쳐 주는 것입니다. p.64

섬이 내게로 왔다

제목	저자	옮긴이	날짜: 24. 5. 27.	GC카드
섬	장 그르니에	김화영	페이지: 25	〈유은〉

"간직하고 싶은 문장 Copy"

저마다의 일생에는, 특히 그 일생이 동터 오르는 여명기에는 모든 것을 결정짓는 한순간이 있다.

"책 내용 Contents"

일생의 삶의 방향을 결정짓는 그 순간을 찾아내는 것은 어렵고, 그것은 다른 수많은 순간들의 표적 속에 깊이 묻혀 있다고 하였다.

오늘의 나를 만든 순간순간의 사건들이 하나의 점들을 이루고, 이 점들이 생의 순간순간에 모자이크처럼 부분을 이루며 내 삶이 앞으로 나아가게 했다.

강원도 산골 마을의 척박한 자연환경, 가난했던 유년 시절, 저수지에서 물놀이를 하다 숨이 막히던 생생한 기억, 국민학교 시절 교사들의 모습, 농촌 생활에서의 풍요로움, 자연환경과 여유, 어느 날 상점에서 술을 먹던 돌팔이 역술인이 지나가는 말로 들려준 계시가 남긴 여운.

"획득 Gain"(정보, 지식, 지혜, 카타르시스, 위로, 힐링, 정신적 즐거움 등)

필자도 인생이 동트는 무렵에 자연환경과 그 시대적 상황들이 날실과 씨줄로 만나 직조를 하듯 삶을 엮어 왔던 것 같다.

"변화 Change"(행동 또는 생각의 변화)

꼭 우연이 아니더라도 현재 만나는 사람, 책, 여행, 연수 등 다양한 요인들이 앞으로의 내 삶에 살을 찌우고 그 방향을 움직이게 하는 가늠자로 작용할 것이다.

순간을 놓치면 영혼을 놓친다는 예술계의 속담처럼 매 순간 의미를 찾고 보람 있게 가꾸어야겠다.

c.허필우의 독서기록 양식을 참고로 제작되었으며 여러분들이 자유롭게 작성해도 됩니다.

섬이 내게로 왔다

제목	저자	옮긴이	날짜: 24. 5. 27.	GC카드
섬	장 그르니에	김화영	페이지: 11	〈유은〉

"간직하고 싶은 문장 Copy"

펼쳐놓은 책에서 한 개의 문장이 유난히 도드라져 보이고, 한 개의 어휘가 아직도 방 안에서 울리고 있다.

--- 중략 ---

내가 섬을 발견하던 무렵 나도 글을 쓰고 싶어 했던 것 같다.

그러나 그 막연한 생각이 진정으로 나의 결심이 된 것은 이 책을 읽고 난 뒤였다.

"책 내용 Contents"

책을 읽는 목적은 정보나 지식의 획득, 책을 통해 저자와 만나고 삶의 지혜를 얻기 위해 읽기도 한다.

허나 마음에 드는 하나의 문장, 즉 카프카가 말한 도끼 같은 문장 하나를 얻기 위해 읽기도 한다.

깨달음의 문장, 유익한 문장의 발견이 이에 해당된다.

《잘라라 기도하는 그 손을》의 저자 사사키 아타루는 읽은 책과 읽어 버린 책을 구분하기도 한다.

읽어 버린 책은 읽기 전후인 내가 달라져 버린 책, 읽은 후 내 사고와 신념의 틀이 깡그리 깨어져 이전과는 완전히 다른 사람으로 변화시켜 버린 책으로 설명한다.

"획득 Gain"(정보, 지식, 지혜, 카타르시스, 위로, 힐링, 정신적 즐거움 등)

한 개의 인생 문장을 매번 책을 읽을 때마다 발견한다면 그것은 독자로서 최고의 희열이자 행복의 순간이 아닐까? 더군다나 한 권의 책에서 한 개가 아니다. 여럿이라면 가히 인생의 책이라 할 수 있겠다.

"변화 Change"(행동 또는 생각의 변화)
읽고 줄 치는 것으로 독서가 종료되고 질문과 사색, 쓰기로 이어지지 않는다면 그것은 지적 불안적 연소이다. 한 문장을 발견하고 질문을 던지고 사색하고 독서 카드나 독서록의 기록을 남겨야 제대로 된 독서 행위라 할 수 있겠다.

    c.허필우의 독서기록 양식을 참고로 제작되었으며 여러분들이 자유롭게 작성해도 됩니다.

II부

여름의 여정

유은 안녕하세요? 지난 번 모임에서는 『섬』에 대한 전반적인 소감과
〈공의 매혹〉, 〈고양이 물루〉를 중심으로 이야기를 나누어 봤
습니다.

장 그르니에는 어렸을 때부터 보리수나무 아래에 누워 하늘을
바라보다 무득 '무(無)의 세계'에 대한 신비한 체험을 통해 세
계의 비어 있음, 덧없음을 경험하게 됩니다.

그 어린 나이의 체험을 통해 세상에 존재하는 것들이 그렇게
뭐 중요한 것이 아닐 수 있겠구나. 왜냐하면 지금은 존재하지
만 곧 사라져서 없어져 버릴 거라는 그런 진리를 깨달았기 때
문이죠.

쉽게 말하면 도가에서 말하는 '無', 불가에서 말하는 '空'의 신비
를 체험하면서 세상에 존재하는 사물들, 가치들 이런 것들이
지금은 중요하지만 언젠가 사라져 갈 운명에 있다는 것을 자
각했다고나 할까요? 그런 경험을 통해 그르니에의 사상이 익
어 갔다고 볼 수 있습니다.

그 다음에는 〈고양이 물루〉에서 고양이를 기르면서 그 고양
이와 나눈 교감, 너무 행복했던 그런 시절 이야기가 있고, 그
러면서 또 죽음의 문제, 안락사의 문제에 대해서도 토론을 했
습니다.

오늘은 세 번째 장 〈케르겔렌 군도〉에 대해서 토론해 볼 텐데요, 이 책의 각 장이 하나의 섬이라고 하는 상징을 가지고 이루어졌다고 했잖아요.

세 번째 장은 어떻게 읽으셨는지 모르겠지만 제가 봤을 때는 삶에 있어서 비밀의 문제라고 하는 중요한 테마가 다루어졌다고 생각해요.

3. 세 번째 섬: 케르겔렌 군도

낮선 곳에 가야 한다고 해서 저렇게 흐느껴 우는 건

아직 인생이 예상대로 되지 않는다는 걸 모르기 때문이야.

매순간 예상치 않았던 낮선 곳에 당도하는 것이 삶이고,

그곳이 어디든 뿌리를 내려야만 닥쳐오는 시간을 흘려보낼 수 있어.

〈다른 모든 눈송이와 아주 비슷하게 생긴 단 하나의 눈송이〉 / 은희경

유은　이 장은 우리가 살아가면서 '비밀'이라고 하는 그런 테마에 적
합한 주제가 아닌가 생각해요. 그래서 이 〈케르겔렌 군도〉는
내용으로 살펴보자면 '비밀의 섬'이라고 제목을 붙일 수 있겠
고 비밀에 관한 이야기인데요.
발표하기 전에 제가 한 장짜리 유인물을 사전에 드린 게 있어
요.
유인물(**부록: 삼목 책마실3**)을 보면 아마 대학 다닐 때 들으셨
을지 모르겠네요.
미국의 심리학자 조셉루프트(Joseph Luft)와 해리 잉햄(Harry

Ingham)의 이름을 따서 '조하리의 창'이라고 하는데 자료를 보면 4개의 창이 있잖아요.

그런데 가로축은 자신이 아는 부분, 세로축은 자신이 모르는 부분입니다. 그래서 아는 부분 2칸 X(곱하기) 모르는 부분 2칸 하니까 4개의 창이 나오는데 첫 번째 창은 열린 창이에요. 나도 알고 다른 사람도 아는 특성의 창입니다.

두 번째는 보이지 않는 창인데 다른 사람들은 다 아는데 정작 본인 자신만 모르는 창입니다.

벌거벗은 임금처럼 남들은 다 아는데 정작 본인이 자신의 특성(주로 결점)을 전혀 모르는 창인 것이지요.

리더들이 이것을 스스로 잘 경계해야 되겠죠. 남이 알아도 알려 주지 않거든요. 그래서 조언해 줄 수 있는 친구를 잘 두는 것도 행복입니다.

왜냐하면 남들은 다 아는데 본인이 모르니까 알려 주는 사람은 없고 흉만 보는 경우가 많거든요.

잘 소통하려면 이 두 번째 창을 최소화시키는 것이 관리자뿐만 아니라 선생님들도 필요하다고 생각해요.

세 번째 창은 자신은 아는데 다른 사람이 모르는 영역이에요.

이게 오늘 우리가 토론할 그 비밀에 대한 부분일 거예요.

나는 알지만 다른 사람이 이 부분을 모르는 창이, 그래서 이 숨겨진 창이 클수록 비밀이 많은 사람이지요.

열린 창의 면적이 클수록 개방적인 사람이라 할 수 있죠. 이 숨겨진 창, 즉 세 번째 창에 대한 게 바로 이 캐르겔렌 군도와 관련된 것이라 생각해서 자료를 가져왔어요. 네 번째 창은 '나도 모르고 상대방도 모르는 미지의 영역'입니다. 어떻게 보면 이것은 우리들의 잠재 가능성과 관련된 창이겠지요?

세 번째 장 〈캐르겔렌 군도〉를 읽고 나서 우리 선생님들이 "나는 이 부분이 참 마음에 든다, 이야기를 나누고 싶다."는 부분이 있으면 먼저 말씀해 보시죠.

기쁨　저는 지난 모임에 참석하지 못해서, 어제 지난 모임에서 이야기 나누었던 내용과 자료들을 행복 님이 보내 주셔서 쭉 읽으며 '이런 내용을 했었구나.'하고 감만 잡았습니다. 유은님이 배포해 주신 〈삼목 책마실〉 자료에서 1번, 2번은 지난 모임에서 이미 한 것 같아서 4번에서 조금 더 이야기하고 싶어서 4번을 한번 봤었거든요.

책마실 4번을 보면 저자의 제자 카뮈는 "길거리에서 이 조그만 책을 열어본 후 겨우 그 처음 몇 줄을 읽다 말고는 다시 접어 가슴에 꼭 껴안은 채 마침내 아무도 없는 곳에 가서 정신없

이 읽기 위하여 나의 방에까지 한걸음에 달려가던 그날 저녁
으로 나는 되돌아가고 싶다."라며 새로운 독자들이 이 책을 찾
을 때가 되었다며 스승의 작품에 대한 극 존경심을 표현하고
있다. 이와 같은 '너무 좋아 한걸음에 달려가던 일'과 같은 책이
나 다른 경험이 있는가? 〈섬에 부쳐서: p.11〉라고 제시되어 있
습니다. 이 4번 문구에서 끝부분의 〈섬에 부쳐서: p.11〉 부분
이 제 마음을 열어 주었습니다. 아직 책을 끝까지 읽지 못했지
만, 읽은 부분 중에서는 〈섬에 부쳐서〉 부분에서 '와! 이런 표
현이...'라며 감탄이 저절로 나왔고, 인상적인 부분들이 많았거
든요. 그런데 이 부분은 우리가 이야기하려고 했던 장그르니
에의 '섬' 내용이라기보다는 제자 까뮈의 글이잖아요. 감동은
까뮈가 쓴 〈섬에 부쳐서〉 부분에서 많이 받았는데, 우리가 할
이야기는 장그르니에의 '섬' 부분이라서 까뮈의 글을 가지고
얘기할 수 있을지 오늘 모임 시작하기 전에 고민이었거든요.
다른 책으로 보자면 머리말, 서문, 들어가는 말 이런 것으로 이
야기를 하자고 하는 느낌이랄까요. '혼자 변죽을 두드리면 안
되지.'라고 생각해서 조금 뒤로 물러서는 마음이었거든요. 그
런데 책마실에서 〈섬에 부쳐서: p.11〉을 보는 순간, '어! 섬에
부쳐서다!', 거기다 11쪽을 펼쳤더니 제 나름대로 잔뜩 써 놓은
것이 있어서 독서 토론에 대해 마음이 확 열렸습니다.

'너무 좋아 한걸음에 달려가던 일과 같은 경험, 나는 뭐였지?'
라며 질문에 대한 답을 찾아보았습니다. 초등학교 때는 『비밀
의 화원』. 고등학교 도서관에서 읽었던 『갈매기의 꿈』, 『담』,
『광란자』 아니면 대학 올라가기 전에 겨울방학 때 읽었던 『죄
와 벌』, 『안나 카레리나』, 『변신』... 이런 걸 읽었을 때가 생각
나는 거예요. 저는 한걸음에 달려가던 그날 저녁으로 돌아가
고 싶은 책이 청소년의 감수성이 꿈틀대던 때로 가는데 '대체
이 카뮈라는 사람은 무엇 때문에 『섬』이라는 책이 이렇게 좋았
지?'라는 생각이 들어 『섬』이라는 책이 까뮈에게 어떤 의미였
는지에 대해 궁금증이 들었던 거예요. 가슴에 꼭 껴안은 채 그
날 저녁으로 돌아가고 싶은 책이 달라도 너무 다르잖아요?
이런 고민이 들어서 11쪽에 제가 밑줄 그어 놓은 부분을 다시
한 번 읽어 보았습니다. "나는 새로운 땅으로 들어가고 있는 듯
했고, 우리 도시의 높은 언덕배기에서 내가 수없이 끼고 돌던
높은 담장에 둘러싸인 채 그 너머로 오직 눈에 보이지 않는 인
동꽃 향기만을 건네주던, 가난한 나의 꿈이었던 저 은밀한 정
원들 중 하나가 마침내 내게로 열려 오는 것만 같았다. 내 생각
이 틀린 것은 아니었다. 과연 비길 데 없이 풍성한 정원이 열리
고 있었다. 그 무엇인가. 그 누군가가 내 속에서 어렴풋하게
나마 꿈틀거리면서 말하고 싶어 하고 있었다. 이 새로운 탄생
은 어떤 단순한 독서, 어떤 짤막한 대화 한마디만으로도 한 젊

은이에게서는 촉발시킬 수 있는 것이었다. 펼쳐 놓은 책에서 한 개의 문장이 유난히 도드라져 보이고 한 개의 어휘가 아직도 방 안에서 울리고 있다. 문득 적절한 말, 정확한 어조를 에워싸고 모순이 풀려 질서를 찾게 되고 무질서가 멈춰 버린다. 그와 동시에 벌써 그 완벽한 언어에 응답이라도 하려는 듯 수줍고 더욱 어색한 하나의 노래가 존재의 어둠 속에서 날개를 푸득거린다."

이 부분을 읽으면서 제가 이렇게 써놓은 거예요.

'미치겠다! 이 표현들! 이 표현들이 전달하는 힘! 시골 나의 정원을 소환하는 힘이란! 언어에 힘을 부여하고 느끼게 해 준다. 은밀한 정원이 열려 온다. 역설적인 표현에서 "미치게 함"을 느꼈다. 그렇다면 이 "미치게 한다!"는 무엇으로 표현할 수 있을까?' 저도 문득 언어로 표현하는 것에 대한 도전 욕구가 올라오는 것이었습니다.

카뮈는 글을 쓰고 싶어 했다 그랬잖아요. 저는 처음에 책을 추천받고 읽을 때에는 글을 쓰고 싶다는 생각이 없었기 때문에 이 사람의 글은 저한테는 별로 안 다가왔지만, 카뮈는 글을 쓰고 싶었기 때문에 이 책의 표현들을 보고 「섬」속을 뚫고 지나가는 이 영혼의 떨림은 하여튼 나의 경탄을 자아냈고 나는 그것을 모방하고 싶어 했다." 부분에 나타난 것처럼 까뮈의 마음에 꼭 껴안는 책이 되었다는 생각이 들었습니다. 까뮈의 이런 문장들 때문에 아까 제가 까뮈는 대체 어떤 글을 썼냐고 여쭤봤던 거예요. 까뮈는 '섬' 책에 있는 사상이나 표현들이 글을 쓰게 하고 싶어 하는 그런 단초가 되어 주어서 글을 썼을 텐데, 저는 까뮈가 쓴 〈섬에 부쳐서〉 글을 보면서 언어적 표현에 경탄이 나왔고 모방하고 싶은 욕구가 솟아 카뮈의 글을 한번 읽고 싶다는 생각이 들었거든요.

책마실 4번 제시문을 읽고 이렇게 생각이 정리되자, 이제는 『섬』 책을 읽을 때 이 사람이 표현에서 열어 주는 세상을 생각하거나 어떤 생각을 열어 주는 그 표현에 집중해서 읽으면 되겠다는 생각이 들어, 책을 어떻게 읽을지에 대한 단초가 저한테는 풀렸던 거예요.

"카뮈의 서문을 꼼꼼히 읽으면
이 책을 읽는 사람한테는 굉장히 똑똑한 과외선생님
한 분을 곁에 두고 요약 강의를 듣듯
이해가 쉬우리라는 생각도 해봅니다."

유은 그러니까 지난번에도 얘기했지만 이 책 목차 앞부분에 알베르 카뮈의 〈섬에 붙여서〉가 삽입되어 있는데 이 책의 주제를 이해하는 데 많은 도움을 주는 것 같아서 여러 번 읽어 보았습니다.

자기가 이 책을 보고 너무 좋아서 가슴에 묻고 아무도 없는 곳으로 한걸음에 달려가서 읽어 보고 감동받는 그 부분이 나와 있잖아요. 제자인 카뮈는 이 책을 보고 엄청 감동을 받은 것 같아요. 심지어 『섬』을 발견하던 무렵 나도 글을 쓰고 싶어 했던 것 같다고 말한 걸보면 노벨 문학작가 카뮈의 탄생에는 스승 장 그르니에가 있었다라고 감히 말할 수 있는 거죠.
이 스승의 책을 통해서 카뮈 인생에 글쓰기에 대한 동기부여와 같은 보이지 않은 내면 깊숙한 곳에서 변화가 있었던 거죠.

기쁨 맞아요! 그래서 11쪽 밑부분에 "내가 『섬』을 발견하던 무렵 나도 글을 쓰고 싶어 했던 것 같다. 그러나 그 막연한 생각이 진정으로 나의 결심이 된 것은 이 책을 읽고 난 뒤였다."라고 되어 있어요.

유은 카뮈의 서문에 "가장 아름다운 페이지에 영감의 원천이 되었거니와 그르니에는 그것들을 영원한 흥취와 동시에 덧없음을 우리에게 상기시켜 주었다."라고 하는 부분이 있어요.
이 지중해라고 하는 섬은 어딜 가나 과일이 넘쳐 나는 행복을 쉽게 만질 수 있는 그런 고장들이라고 했잖아요?

손만 뻗으면 과일들이 주렁주렁 열매가 달려 있어서 죽도록 노동을 하지 않아도 행복하게 그냥 살아갈 수 있는 젖과 꿀이 흐르는 땅처럼 말이죠.

그런데 이 그르니에가 글을 쓴 이유는 그 다음이에요.

행복의 열매가 넘쳐 나니까 마구 즐겨 봐. 이런 것이 아니라 그런데 여기 인간의 삶이라는 게 흥취로 즐겁긴 하지만 동시에 다 이거 덧없는 거야.

맛난 거 많이 먹는 거, 즐겁게 여행하는 것, 외제 차 타고 다니는 거, 큰 평수 집에 사는 거 이거 지나고 보면 아무것도 아니야. 덧없는 거니까.

어떻게 보면 굉장히 찬물 끼얹는 거죠.

지중해에서 이렇게 사람들이 행복하게 그냥 하루하루 그냥 먹고 살고 뭐 지금도 잘 사는데 그거 별것도 아닌 거야.

중요한 거는 그게 아니라고 이렇게 그런 것을 제시해 주는 게 덧없음을 동시에 우리에게 상기시켜 주었다.

그러자 곧 우리는 우리가 느끼고 있던 우수가, 그래서 우리가 살면서 항상 기쁨 가운데서 우울하고 했던 것들이 이것 때문에 그런 것이라며 돌연 깨닫게 된다는 거죠.

그런데 그것을 친절하게 제시해 준 사람이 이 장 그르니에의 이 책이라는 거예요.

그러니까 스승에 대한 엄청난 찬사를 한 것이죠.

유은 우리도 살면서 뭐 그냥 우리도 그렇게 사는 사람 있잖아요.
하루하루 그냥 밥 잘 먹고 배부르면 그만이지 인생 뭐있나? 배
고픈 소크라테스보다 배부른 돼지가 좋다면서. 더 이상 뭐가
필요해? 그게 최고라고 많은 사람이 동의하며 살아가잖아요.
그런데 그르니에는 그런 것들이 곧 다 사라질 거니까 정말 하
루하루, 지금 이 순간을 밀도 있게 살라는 거잖아요.
그런 부분을 얘기해 주는 게 장 그르니에의 이 책이다 이런 말
이죠.

유은 그러니까 카뮈의 서문을 꼼꼼히 읽으면 이 책을 읽는 사람한
테는 굉장히 똑똑한 과외선생님의 요약 강의를 듣듯 이해가
쉬우리라는 생각도 해봅니다.

행운 유은님! 이 서문은 카뮈가 언제 쓴 건가요?

유은 네. 『섬』이 프랑스에서 1933년 처음으로 출간되었는데요, 이
서문은 1959년에 발간된 새로운 판본에 처음으로 삽입되었으
니 카뮈가 처음으로 읽고 난 후 26년 후에 쓴 거예요. 스승과
제자 이상의 문학적 우정을 통해 그들이 주고받은 편지가 총

235통[1]에 이른다고 하는데요.『카뮈-그르니에 서한집』 220쪽을 보면 "『섬』의 서문을 쓰기 시작했습니다. 이 기회에 전과 다름없는 감동과 찬탄으로『섬』을 다시 읽었습니다. 그렇지만 그 감동을 말로 표현하기는 쉽지 않습니다."라는 부분이 있거든요.

내가 처음에 발견한 후에 너무 좋아서 막 이런 얘기를 썼다는 얘기는 이 책을 출간할 때 쓰는 게 아니라 20여년이 지나 쓴 거지요.

처음으로 이 책을 읽는 젊은이를 부러워하잖아요. 카뮈는 그 당시 어느 정도는 나이를 먹을 만큼도 먹었고요. 그런데 처음으로 이 책을 만나는 이 젊은이들이 너무 한없이 부럽다는 것이 15쪽 하단에 나오죠.

다시 정리하면 까뮈가 한 20살 때 처음 읽고 나서 서문은 나중에 쓴 거죠.

까뮈가 1960년 47살에 자동차 사고로 사망했으니 한 40대 중

---

[1] 카뮈-그르니에 서한집(1932~1960), 책세상. 2012: 13.에 따르면 그들이 주고받은 편지 중 카뮈가 112통, 그르니에가 123통의 편지를 써 보냈다. 장 그르니에는 카뮈에게서 받은 편지를 모두 간직해 두었으나 카뮈는 일부를 소각하여 그르니에의 편지 1932~1940년 5월까지의 편지가 유실되었고 1940년 8월 이후 편지는 카뮈부인이 차곡차곡 모아 두어 나머지 일부가 보존되었다.

반에 서문을 써서 20년 전에 젊은이였던 자신처럼 처음으로 이 글을 읽는 사람들을 부러워하고 이런 부분이 인상적이네요.

> *"미치겠다! 이 표현들! 이 표현들이 전달하는 힘!*
> *시골 나의 정원을 소환하는 힘이란!*
> *언어에 힘을 부여하고 느끼게 해 준다.*
> *은밀한 정원이 열려 온다."*

행운   15쪽에 "가슴에 꼭 껴안은 채 마침내 아무도 없는 곳에 가서 정신없이 읽기 위해 내 방까지 한걸음에 달려갔던 그날 저녁으로 나는 되돌아가고 싶다."라고 나오고, 그 아래에 "나는 아무런 회안도 없이 부러워한다. 오늘 처음으로 이 섬을 펼쳐 보게 되는 저 낯모르는 젊은 사람을 뜨거운 마음으로 부러워한다."라고 쓰여 있어서 이 부분을 읽고서 그럼 이 글을 언제 쓴 거지라는 생각이 들고 궁금했는데 이제 이해가 되네요.

이 글을 쓸 때 카뮈의 생각과 젊었을 때 이 책을 처음 읽었을 때 그런 마음을 가졌던 그 상태가 지금은 아니다. 그런 열정이 지금은 아니다. 그런 말인가 하는 생각도 듭니다.

유은   처음 읽었을 때도 좋았지만 세월이 지난 다음에 봐도 이 책이 너무 좋았던 거 같아요.

서문을 쓰는 지금은 이미 나이가 들은 거지요.

20살 갓 넘은 젊은이들의 젊음도 부럽고, 그 책을 젊은 나이에 처음으로 봐서 또 새로운 인생을 살아가게 될 젊은이를 보니까 부럽다는 생각이 들었나 봅니다.

여러분들도 남들보다 비교적 이른 나이에 이 책을 읽었으니 남들도 이 사실을 알면 부러워할지 모르겠네요.

행운   그러기에는 40대의 카뮈 상태에서 이 책을 읽게 된 것 같은데요. 지금 저도 그 정도로 세월이 흘렀고 이제 저도 그 청춘이 부럽네요.

20살 때의 청춘의 열정이, 다시 돌아갈 수 없는 정말 열정적으로 책을 읽었던 그 시절이 부러워요. 지금은 그 마음으로 그 열정으로 책을 읽을 수가 없는 상태가 되어 버렸습니다.

기쁨   저는 단초가 풀렸어요. 어떻게 읽어야 될지. 그래서 마치 오늘 처음으로 이 『섬』을 펼쳐 보게 되는 저 낯모르는 젊은 사람처럼, 그 뭔가를 새롭게 시작할 수 있는 젊은이가 된 기분입니다.

유은   그럼 카뮈처럼 몇 줄 읽다 말고 집으로 한걸음에 달려가 읽어

본 책, 요즘은 반려책이란 용어를 쓰던데 그런 책이 있을까요? 한 권이 될 수도 있고 여러 권이 될 수도 있는데 카뮈 정도는 아니더라도 이 책을 옛날에 읽고 너무 좋아서 지금도 이 책만 보면 막 가슴이 벌렁벌렁거릴 정도로 너무 행복해지는 이런 책이 혹시 있는지 좀 궁금하거든요.

저는 어릴 때는 그렇게 책을 좋아했나 싶을 정도인데 하여간 제가 좋아했던 책은 명탐정 홈즈 시리즈예요. 까만색 표지에 300원이라고 정가가 쓰여 있고 계림사에서 나온 홈즈 시리즈가 생각납니다.

행운 저는 지금도 항상 빨강 머리 앤이 정말 최고의 명작이라고 생각하는 사람입니다.

그래서 저의 삶의 버킷 리스트 중의 하나도 캐나다에 있는 빨강 머리 앤이 살았던 프린스 에드워드 섬에 가서 앤의 모습을 느껴 보는 것입니다. 만화영화의 배경이 되었던 그곳에 가 보고 싶어요. 우리 아들이 스무 살인데 어렸을 때부터 저하고 함께 만화영화 보고 책 읽고 해서 아들인데도 빨강 머리 앤을 엄청 좋아해요. 그런데 지금 세종문화회관에서 교장선생님 서각 전시하기 전에 타카하타 이사오전이 열립니다. 일본 만화영화 빨강 머리 앤은 타카하타 이사오가 그렸는데 인지도는 미야자키 하야오가 훨씬 더 높지만 이 사람에게 정말 많은 영감을 준 작가가 타카하타 이사오라고 해요.

유은   그런 게 있는 것 같아요. 어릴 때 읽었는데 지금도 보면 『빨강
머리 앤』처럼 가슴 떨리는 책 말이에요.

행운   『빨강 머리 앤』에 나오는 많은 글들을 저는 외우고 있습니다. 그
책에 나와 있는 많은 글들이 삶의 고비 고비마다 힘을 주었죠.
『빨강 머리 앤』에 나오는 많은 글귀들이 삶의 돌부리에 넘어질
때마다 내가 좋아하는 앤은 그렇지 넘어지고 웅크리고 있지
않았을 거라고 생각하며 힘을 주었습니다.
그리고 저에게 많은 영향을 준 또 한 책이 있습니다. 중학교 시
절에 제가 거의 책이 해어지도록 읽은 미우라 아야코의 『빙점』
이에요.
『빙점』의 주인공 요오코의 삶을 살아가는 방법들이 저에게 참
많은 영향을 주었습니다.
주인공이 살아가면서 어떤 곤경에 처할 때마다 이겨 내면서
하는 생각들, 극복하는 그런 방법들이 저에게 큰 영향을 주었
답니다.
사춘기 시절에 항상 꺼내서 계속 읽고 그래서 거의 한 페이지
달달 외우고 그랬어요. 외우려고 외웠던 게 아니고 그 정도로
저의 어린 시절에 영향을 제일 많이 주었던 책은 미후라 아야

코의 『빙점』과 몽고메리의 『빨강 머리 앤』입니다.

또 한국문학전집 세계문학전집 거의 집에 있는 책들을 엄청 재미있게 읽고 그 속에서 많은 영향을 받으면서 성장한 것 같아요.

*"저는 지금도 항상 『빨강 머리 앤』이 정말
최고의 명작이라고 생각하는 사람입니다.
그래서 저의 삶의 버킷 리스트 중의 하나도
캐나다에 있는 빨간 머리 앤이 살았던 프린스 에드워드
섬에 가서 앤의 모습을 느껴 보는 것입니다."*

유은　예전에는 부모님들이 살기 어려웠어도 집집마다 위인전집이나 세계문학전집을 아이들을 위해 사 주셨던 것 같아요.

행운　가계도가 복잡한 세계문학은 앞장에 있는 가계도를 펼쳐 놓고 등장인물들 이름을 맞추면서 읽었었던 기억이 생생하네요. 그런데 이름도 복잡하고 가계도도 복잡했던 마르케스의 100년의 고독은 정말 순수하게 너무 재미있었거든요.

재미있어요. 엄청 마술 같고 제가 원래 판타지나 그런 종류의 책은 별로 안 좋아하는데 이 책은 읽으면서 이렇게 말도 안 되는 상황, 흙을 먹기도 하고, 돼지 꼬리가 달린 아이가 태어나고 말이 안 되는 상황들이 많이 벌어지는데 마술적 사실주의라는 표현에 딱 맞는 신비롭고 재미있는 소설이었습니다. 그러면서 그동안 관심을 갖지 않았던 라틴아메리카에 대해 관심을 갖게 되고 저의 삶의 지평이 넓어지게 된 계기가 되었습니다.

한별 저는 어릴 때부터 소설책이나 동화책을 좋아하는 편입니다.

행운 동화책도 그러니까 제가 좋아하는 빨간 머리 앤처럼 뭔가 인생에 큰 감동 또는 이정표가 되는 그런 책도 있을 수 있지요.

한별 제가 좋아하는 책은 나의 라임 오렌지 나무와 어린왕자입니다.

행운 그건 나의 라임 오렌지 나무는 성장소설로 굉장히 훌륭한 명작이고 어린왕자는 어른을 위한 동화잖아요. 물론 전 세대에 걸쳐서 감동을 주는 책이기도 하고요.

한별 두 가지 책 모두 여러 번 읽었는데 어렸을 때 보는 거랑 좀 커서 보는 거랑 또 이제 제가 애를 낳고 보는 거랑 이렇게 그때그때 저의 상황에 따라서 다 느낌이 다르더라고요. 와닿는 부분도 다르고 그래서 더 기억에 남는 것 같습니다.

유은   고양 님이 읽은 책도 궁금하네요. 독서 담당자니까 얼마나 또 좋은 책을 많이 읽었을까?

고양   저는 최근에 양귀자의 모순을 읽었습니다.

유은   양귀자 작가요? 저는 『원미동 사람들』이 생각나네요.

고양   네. 예전부터 추천을 많이 받아서 읽게 되었는데 정말 좋았습니다. 25살, 그 당시 결혼 적령기를 맞은 안진진이라는 주인공이 어떤 생각을 하고 어떤 선택을 해 가는지가 쭉 그려져 있는데 그 과정이 재미있었습니다. 책 제목대로 그의 생각, 선택들이 모순되었다고 느껴지지만 또 그것이 현실인 것 같다는 생각이 들기도 했고요. 내용 전개뿐 아니라 한 문장 한 문장 표현들만 놓고 봐도 필사하고 싶을 정도로 너무 좋더라고요.
그리고 『구의 증명』이라는 소설도 읽었는데요,

행운   『구의 증명』이요 작가가 누구인가요?

유은   저도 제목만 읽었어요.

고양   최진영 작가님입니다. 내용은 조금 자극적이라고 느낄 수도 있는데 결국 주제는 사랑입니다. 매우 처절하고 헌신적인 연인 간의 사랑뿐만 아니라 가족 간의 사랑 등 사랑의 여러 모습이 나오는 책이어서 재미있게 읽었습니다.

유은 그러면 이제 〈케르겔렌 군도〉 이야기로 한번 넘어가서, 나를 사로잡은 문장이나 뭐 하고 싶은 이야기가 있으면 발표하시면 좋을 것 같아요.

> *"다른 사람들에게 감춰진 나만의 삶 속에서 그 어떤*
> *또 다른 위대함이 있고 나만의 그런 행복을 주는*
> *그런 비밀을 간직하고 싶다.*
> *이런 생각에 공감을 하게 됐어요."*

소준 〈케르겔렌 군도〉를 읽으면서 나만이 만족할 수 있는 아름다운 비밀을 간직하고 그 안에서 삶의 행복을 느끼고 싶은 마음이 공감되는 부분이었습니다.

소준 "이탈리아의 어느 오래된 도시 부근에 살고 있을 적에 나는 집으로 올 때마다 포석이 고르지 못하여 매우 높은 두 개의 담장 사이에 꼭 끼어 있는 좁은 골목을 지나곤 했다. 시골 바닥에 그처럼 높은 담장들이 있다는 것은 상상하기 어려울 것이다. 때는 4월이나 5월쯤이었다. 내가 그 골목의 직각으로 꺾이는 지점에 이를 때면 강렬한 재스민과 라일락 꽃 냄새가 내 머리 위로 밀어닥치곤 했다. 꽃들은 담장 너머에 가려 있어서 보이지 않았다. 그러나 나는 꽃내음을 맡기 위하여 오랫동안 발걸음을 멈춘 채 서 있었고 나의 밤은 향기로 물들었다. 자기가 사랑하는 그 꽃들을 아깝다는 듯 담장 속에 숨겨 두는 그 사람들의 심정을 너무나도 잘 이해할 수가 있었다."

이 부분에서 나만의 삶, 나만 알고 있는 삶, 비밀스러운 삶들을 잘 지키고픈 마음이 생겼고 비밀을 간직함 속에서 행복을 느낄 수 있는 나이기를. 나를 아름답게 만들고 가치 있게 만드는 나만의 기쁨이 존재하기를 희망하고 있음을 느꼈습니다.

소준 다른 사람들에게 감춰진 나만의 삶 속에서 그 어떤 또 다른 위대함이 있고 나만의 그런 행복을 주는 그런 비밀을 간직하고 싶다. 이런 생각에 공감을 하게 됐고 그런 것들을 많이 찾고 싶다. 그리고 또 다른 행복을 많이 누리고 싶다. 이런 생각을 좀 하면서 읽었던 것 같아요.

행운 이렇게 좋은 문장이 있는지 몰랐네요. 제가 자세하게 정독하지 못했던 것 같아요.

유은   그 뒤에 문장이 계속 연결되는 부분도 좋았어요.

"어떤 열렬한 사랑은 그 주위에 굳건한 요새의 성벽을 쌓아 두
려 한다.
그 순간 나는 하나하나의 사물을 아름답게 만드는 비밀을 예
찬했다.
비밀이 없이는 행복도 없다는 것을."

이것도 굉장히 좋은 문장입니다. 담장 속에다 이 사람들은 그
아름다운 걸 심어 놓고 그 향기를 맡아요. 담장이 높아서 밖에
서는 볼 수가 없잖아요.
그러니까 자기만 소유하고 싶어 하는 그런 마음들이 있는 거
잖아요.
예전에 연애했던 사람들은 알 거예요. 정말 나만 이 사람을 소
유하고 싶고 사랑하는 사람의 마음까지 속속들이 나만 다 알
고 싶어 하는 그런 마음들 말이에요.
그러니까 그런 비밀이라고 하는 게 어찌 보면 행복의 방정식
이라는 작가의 생각에 공감하며 여기에 비밀과 행복의 함수에
대한 좋은 문장이 많은 것 같아요.

기쁨   저도 똑같이 거기에다 줄은 쳐 놓았는데 비밀에 마음이 가기

보다는 언어적 표현에 감탄을 했던 것 같아요.

"그러나 나는 꽃내음을 맡기 위하여 오랫동안 발걸음을 멈춘 채 서 있었고 나의 밤은 향기로 물들었다."

이 부분을 읽으며 저는 어느 빨간 장미만큼이나 아름다운 향취에 끌려 멈출 수밖에 없었던 골목 길, 하얀 찔레꽃 향기가 너무 은은해서 한참이나 서 있었던 그 오솔길, 하얀 목련과 눈 맞추며 얼굴을 한참이나 담장 너머로 향하고 있던 그 담장 옆... 그 아름다운 날로 나를 초대하는 것을 느낄 수 있었습니다. '맞다! 어떻게 이렇게 표현을 할 수 있을까? 언젠가 나의 아름다운 그 날에, 그 향기에 반하던 그 골목, 그 집 옆을 지날 때의 그 모습을 이렇게 표현하면 딱 알맞은 나의 모습이었구나!'라는 생각이 들며 그 언어적 표현에 감탄했습니다.
그러니까 저는 까뮈처럼 '내가 경험한 것들을, 알게 된 것들을 어떻게 표현할까? 또는 이렇게 표현을 할 수 있구나!' 이런 거에 좀 관심이 있었던 것 같아요.

그러니까 뭔가를 이제 경력이 있으니까 누구 후배한테 전하든, 우리 애들한테 전하든 해야 될 텐데 내 마음을, 알고 있는 것을 어떻게 전할까에 관심이 있었던 것 같아요.

그래서 이런 표현을 보면서 '이런 상황을 이렇게 표현을 하네!' 감탄을 하고 추억 속으로 소환하는 좋은 문장에 주로 줄을 그어 놓았다는 것을 이제 책을 읽고 지금 나누다 보니까 알게 되었어요. 어떤 내용보다는.

유은   고양님은 혹시 그쪽 줄 친 거 있어요?

고양   91쪽에서 마음에 드는 문장을 하나 찾았어요.

"그들의 삶의 가려진 쪽에 대해 우리는 추론을 통해서밖에 알지 못하는데 정작 단 하나 중요한 것은 그쪽이다."

고양   그 부분에서 한쪽 면만 볼 수 있는 달에 비유해서 표현을 했는데 너무 찰떡이라고 생각했습니다. 그리고 사람들이 다른 사람에 대해 생각할 때도 추론을 통해서밖에 알지 못하는데 다른 사람에 대해서 많이 아는 것처럼 행동하는 것도 주의해야겠다는 생각이 들었습니다.

오롯   고양님이 인상 깊었던 그 문장에 저도 밑줄을 그었는데요, 저는 다른 방향으로 이 글에 접근했습니다. 그들의 삶이 가려진 쪽에 대해 우리는 추론을 통해서밖에 알지 못하지만 정작 하나 중요한 것이 그 가려진 쪽이라는 말이 보여지는 것은 크게 안 중요하고 숨겨져 있는 그 반대 이면만 중요하다는 말로 들렸거든요.

유은   우리가 사람들한테 보여질 때 항상 자기가 보여주고 싶은 것들을 많이 보여주잖아요.

사실은 그 안쪽에 정말 가려진 것은 내가 꼭 숨겨 놓고 안 보여주고 그러는데, 정작 중요한 것인 그 사람의 어떤 인성이나 이런 부분은 사실은 잘 안 보이잖아요.

겉으로 보여지는 건 저 사람 명랑하고 친절하고 그러는데 실제로 그 보이지 않는 이면에 그 사람의 진실이 있는 건데 그것을 아까 기쁨 님이 말씀하신 것처럼 이렇게 표현을 달의 비유를 통해서 전달하니 보이지 않는 가려진 면의 중요성이 바로 와닿았던 것 같아요.

예를 하나 들자면 우리가 어떤 행동을 결과적으로 봤을 때, 가령 운동장에서 쓰레기를 열심히 줍는 아이가 있어요. 외양만 보면 참으로 모범 어린이잖아요. 쓰레기도 열심히 줍고 그런데 정작 중요한 거는 그 아이가 어떤 마음으로 그걸 했을지 그건 잘 보여지지 않는 부분이거든요. 그걸 가지고 뭐 좋다, 나쁘다는 평가를 내리면 성급할 거 같아요. 정말 학교를 사랑하는 마음에 그 일을 했을 수도 있고 아니면 남을 의식해서 남한테 칭찬받기 위해서 주울 수도 있는데 보이는 건 사실은 쓰레기 줍는 그 활동이에요.

그러니까 그 자체를 가지고 평가할 수도 있지만 정작 중요한 것은 그 아이가 어떤 마음으로 저 행위를 했을까? 그런데 그 행위 이면의 마음은 사실 보이지 않는 거죠.

그런 의미에서 정작 중요한 것은 삶에 가려진, 보이지 않는 부분인 것이죠.

오롯 평소에 보여 주는 모습조차도 이 아이가 항상 보여 주고 싶은 모습일 수 있잖아요. 결국 그 모습으로 안 보이는 면을 추론하려는 것은 보이는 면으로만 안 보이는 면을 추론할 수가 있는데 그렇다면 보이는 면도 중요하지 않을까요?

유은 그건 본인만 알겠죠? 그러니까 정작 중요한 것은 겉으로 보는 것보다는 보이지 않는 마음이나 함의를 볼 수 있는 힘일 거예요. **윌리엄 블레이크의 시구가 떠오르는데요.**

한 알의 모래에서 세계를 보고
한 떨기 들꽃 속에서 천국을 본다.
그대의 손바닥에 무한을 쥐고

한순간 시간에서 영원을 보라.

오롯 물론 보이지 않는 부분이 중요하지 않다는 건 아니지만 저는 그 두 가지 면이 다 그 사람을 표현한다고 생각을 하거든요. 두 가지 면(보여지는 면/보이지 않는 면)이 있는데 여기서는 보여지지 않는 그 숨겨진 면이 핵심이고 보여지는 부분은 중요치 않다고 표현해 놓은 것 같은데 보여지는 면조차도 살면서 배우거나 혹은 본인이 그게 옳다고 생각하는 것의 표현이잖아요. 내 마음은 그러지 않을지언정 사회화된 것일 뿐이라도 그 사람의 가치관이 표현된 것이고 그것도 그 사람의 일부로 볼 수 있지 않나 그런 생각이 드는 문장이었어요.
고양 님은 이 글에서 아예 다른 접근으로 생각을 풀어내신 것을 보고 똑같이 감명받은 문장에 대해서 이것저것 생각할 거리가 달라질 수도 있다는 것을 느낀 것도 신기하네요.

유은 좋은 시각입니다. 겉으로 보이는 것과 보이지 않는 것은 겉과 속의 차이도 있겠고, 블레이크의 시처럼 겉으로 보이는 것을 통해 보이지 않는 거대한 힘의 발견이란 측면도 있을 것 같아요.

고양 제가 여기에 대해서 공감했다고 했던 이유는 똑같은 상품 면만 보여주는 면은 사람들이 사람들 사이에서 잘 살아가기 위해 다듬어진 면이잖아요.

근데 좀 보여질 법한 면만을 보여주기 때문에 그 사람을 제대로 진짜로 알 수 있기 위해서는 좀 덜 다듬어진 그런 거친 양 같은 거고 제대로 알아야 온전히 그 사람을 알 수 있다는 생각이 들어서 그래서 이 장 전체에서 감춰진 것에 대한 위대함에 대해서 얘기를 하고 있으니까 그거랑 연결지어서 좀 강조를 해서 이제 덜 다듬어진 면도 그 사람을 판단하기 위해서는 역시 중요하다 조금 강조해서 말했다는 생각이 들어가지고 저는 좀 공감을 했어요.

유은 맞아요. 그 부분이 중요한 것 같고 사실은 우리가 학교에서 교육이라고 하는 거, 사회화라고 하는 것이 사실은 어떤 개인이 원래 갖고 난 여러 가지 타고난 다양한 장점을 갉고 잘라내어 획일적 인간으로 만드는 면도 있어요.

그래서 겉으로 보이는 모습들은 사회에서 보편적으로 원하는 그런 모습으로 획일화될 수 있는데 그런 면 말고 '야생의 사고' 덜 다듬어진 그런 모습의 발견도 중요하다고 봐요.

하여간 이 두 가지 관점에 관한 오롯 님과 고양 님의 의견도 많이 공감하게 됩니다.

유은   91쪽 그 밑에 있는 문장도 여기 갑자기 등장해서 재미있었어요.

"그러니까 노동으로 살아가야 하는 개인들-그러니까 거의 모든 사람들-에 대하여 사회가 요구하는 바는 너무도 잔혹한 것이다."라는 문장이 나오잖아요.

우리들을 포함해서 대부분의 노동자들은 자본주의 사회가 요구하는 노동의 강도와 많은 시간으로 인해 너무 힘들게 살아가거든요. 자본주의 사회가 요구하는 바는 너무도 잔혹한 것이다. 이 급여라고 하는 것도 정말로 밥 겨우 먹고 사회생활하며 최소한의 품의를 유지할 최소한의 급여만 준단 말이죠.
그래서 그들의 단 한 가지 희망이 있다면 혁명에 대한 희망 이외에 병에 걸리는 거란 표현이 마음에 와닿았어요. 세상에 살며 중요한 일이 많거든요. 사랑하는 자녀의 생일이나 가족의 중요한 행사에도 대부분은 쉬지 못하고 당연하다는 듯이 일터로 나가야 해요.
하지만 우리가 병에 걸리면 우리를 옭아매었던 '사회적 위협'이나 '강제'에서 자연스럽게 벗어나게 되거든요. 의도하지는 않았지만요. 그들을 노동에서 건져 낼 수 있는 '한심한 피난처'가 결국 질병에 걸리는 일이란 표현에 씁쓸하면서도 그런 당연하다는 생각들을 과감히 탈피하는 노력도 필요하다는 생각을 하게 되었어요. 죽을 때 사랑하는 사람들과 하고 싶었던 일을 하지 못한 것은 후회해도 직장에서 하지 못한 일 때문에 후회하는 사람은 없다고 하잖아요.

유은   병에 걸리면 아무리 그게 나의 의무라고 생각되더라도 아프면 우리는 쉬어야 되잖아요.
아무 생각 없이 쉰단 말이에요. 그러니까 병에 걸리는 그 자체가 그 사회에서 요구하는 고정관념을 해제시키는 놀라운 휴식과 여유의 기제가 되지요.
현대인의 고전이 되고 있는 이런 책을 읽으면 그런 문장 하나하나에서 내가 생각했던 것들이 과연 정말 옳은 것인가? 하고 생각을 하게 된단 말이지요. 카프카의 표현처럼 정말 얼어붙은 바다를 깨는 도끼처럼 나의 고리타분한 고정관념을 일깨우는 이런 표현들을 하나씩 얻어 가는 것도 책을 읽는 행복인 것 같아요.

"이제 덜 다듬어진 면도 그 사람을 판단하기 위해서는
역시 중요하다 조금 강조해서 말했다는 생각이
들어가지고 저는 좀 공감을 했어요."

고양   그리고 거기에 덧붙여서 그 옆에 90쪽 "만인에게 감춰진 삶에는 어떤 위대함이 있다." 부분도 좋아서 표시를 해 뒀습니다.

소준 위대함이라는 것은 감춰진 삶도 존중받아야 한다는 의미로 생각됩니다. 우리 눈에 보이는 모습만큼 소중한 이면도 항상 생각할 수 있어야 하지 않을까 싶습니다.

유은 "감춰진 삶에는 어떤 위대함이 있다." 그렇죠. 그러네요. 아까 중요한 것이 그쪽이라고 했으니까 마찬가지로 감춰진 쪽이 사실은 우리가 모르지만 위대함이 있을 수도 있는 거죠.

유은 77쪽 맨 앞에 그런 부분이 있어요.
"나는 혼자서 아무것도 가진 것 없이 낯선 도시에 도착하는 것을 수없이 꿈꾸어 보았다."

우리가 살면서 늘 남을 의식해야 되고 그러다 보니까 굉장히 좀 불편할 수 있는데 이런 낯선 곳, 아무도 없는 곳, 나를 알아보지 못하는 곳이면 얼마나 자유로울까? 어떤 생각이나 행동이 굉장히 자유로울 것 같고 그래서 내 비밀을 온전히 유지할 수 있는 그런 것들이 필요합니다.

그리고 그 아래 문장이 잇달아 오는데요.

"내가 이러이러한 사람이라는 것을 드러내 보인다거나, 내 이름으로 행동한다는 것은 바로 내가 지닌 것 중 그 무엇인가 가장 귀중한 것을 겉으로 드러내는 일이라는 생각을 나는 늘 해왔다."

그러니까 사실은 내 이름 걸고 뭐 할 때는 뭐 사실은 그렇죠. 저도 마찬가지 생각해 보면 그래 내가 교장이라고 하는 이름으로 뭔가 할 때는 정말 밖으로도 의식도 많이 해야 되는 것도 있고 그런데 사실은 내가 정말 낯선 도시에 있을 땐 그런 걸 다 떠나서 그냥 편안한 내 본연인 나로 살아갈 수 있겠다는 생각이 이 문장을 보면서 들더라고요.

기쁨   "나는 혼자서 아무것도 가진 것 없이, 낯선 도시에 도착하는 것을 수없이 꿈꾸어 보았다." 부분에 저는 '경춘선 역, 어느 역에 하차하던 기억'이라고 적어 놓았습니다. 어느 때인지 정확히 기억은 안 나는데, 대학 들어가기 전인지, 대학 들어가서 1학년 때였는지 정확히 모르겠지만 경춘선을 혼자 타고 간 적이 있었거든요. 그때는 여학생 혼자 여행을 하는 건 아니었던 때 같아요. 원주에서 내렸던 것 같아요. 처음으로 가 본 낯선 도시였지요. 원주역 부근의 길을 걷는데 그때 나의 느낌은 그랬던 것 같아요. 나는 대체 누구일까? 나를 찾고 싶었던 것 같아요.

그러니까 뭔가 나로서 나를 다 잊히고 싶어서 행동해서 가는 게 아니라 거꾸로 저는 대체 그러니까 사람들이 알고 있는 나가 아닌 나는 누구인지를 찾고 싶어 갔던 것 같아요. 그렇게 갔던 기억이 주제가 비밀이랑 좀 안 맞는 것 같긴 하지만요.

유은 사람들이 나를 모르는 공간에 나를 놓으면 어떻게 보면 비밀이 아니더라도 자유로움을 좀 느낄 수 있는 거죠.
그래서 여기 나온 것처럼 정말 나 혼자 그냥 낯선 곳에 가서 편안하게 내 신분을 모르는 척 다니면 내가 이 책도 사도 되고 저 책도 되고, 그런데 예를 들면 내가 교사라는 걸 아는 사람이면 사는 것도 굉장히 제한적이잖아요.
그러니까 그런 부분에 있어서 자유가 굉장히 제한적이다 이런 말이죠.
그런 명분에 있어 보면 이 비밀 없이는 행복도 없다는 말이 이해가 좀 가는 거예요.
그래서 저는 혼자서도 이곳저곳 많이 다녀요.

기쁨 여기 유은님이 오늘 배포해 주신 '삼목 책마실2'의 자료에 있는 〈조하리의 창으로 보는 비밀〉에 있는 창으로 보면 저는 다른 사람이 모르는 나와 자신이 모르는 나를 찾기 위해서 여행했던 것 같아요. 미지의 창을 찾기 위해.

유은　그렇죠. 그런 것은 정말 새로운 장소에 가 보고 새로운 여행을 해 보고 경험을 해야 내가 정말 이런 걸 좋아했었나? 이런 능력이 있었나? 이런 것들을 사실 경험을 안 하면 모르잖아요.

그러니까 요즘 우리 젊은이들이 불쌍한 게 이런 여행이나 체험활동이 없고 그냥 오로지 초등학교 때부터 학원 다니고 대학 졸업할 때까지 그러다 보니까 정말 내가 뭘 좋아하는지 모르고 인생을 흘려 보내고 그런 것들도 있을 것 같아요.

그러니까 사실은 경험을 통해서 그게 실제 어떤 체험이든지 아니면 정말 다양한 책을 통해서도 얼마든지 경험할 수 있는데 우리 젊은 사람들은 그런 것들이 좀 차단된 삶을 살기 때문에 불행한 시대를 살고 있는 것 같아 안타까워요.

소준　유은님께서 조하리의 숨겨진 창으로 해석해 주신 게 제겐 마음에 와닿았습니다.

유은　사실은 비밀이라는 게 거의 없을 정도로 적은 사람도 있고, 반대로 남들에게 비밀이 엄청 많은 사람이 있을 수 있어요. 그래서 사람마다 어떤 성격이나 자라 온 환경에 따라 다르긴 할 텐데 중요한 거는 두 번째, 보이지 않는 창을 어떻게 내가 캐치할까 그건 내가 전혀 모르는 영역이니까 많은 노력을 기울여야 한다고 생각해요.

한편으로 그 비밀이 나쁜 쪽의 비밀도 있지만 내가 남을 위해서 정말 봉사활동을 한다든지 이런 것들은 글을 개방하는 것보다는 나만이 알고 있을 때 그 행복이 더 커지지 않을까? 그런 생각을 하면 이 세 번째 창도 굉장히 중요한 의미가 있지 않을까? 그런 생각이 좀 들어요.

유은 이 장에서는 특별히 비밀에 대해서 쭉 이야기를 나누고 있는데 우리가 살면서 이 비밀이라고 하는 중요한 삶의 키워드를 하나의 섬으로 설정하여 얘기를 해 주는 것 같아요.
비밀이라는 게 우리가 보통 부정적으로도 많이 취급하는데 사실은 부정적인 면도 있지만, 내 안에 내공을 쌓는다든지, 내 안의 기쁨을 누리기 위해서는 남들이 모르는 선한 활동, 봉사활동 등도 하나쯤 가지고 있으면 굉장히 좋겠다는 그런 생각도 하며 읽었어요.

행운 그럼 여기 84쪽에 비밀이 없이는 행복도 없다는 것으로 저는 이게 잘 이해가 안 되었던 것 같아요.

유은 비밀을 만들라는 개념보다는 비밀이 있는 사람들의 그 심리를 이해할 수 있다는 거죠.
가령 나는 수국을 엄청 좋아하는데 우리 집 정원에는 엄청 지천을 심어 놓아서 집안에만 들어오면 항상 수국향기 속에서 사는 사람이 있다고 해 봐요. 남들은 모르지만 이 사람은 밖에 있다가도 일이 끝나면 집에만 얼른 들어오고 싶을 것 같아요. 그것만 생각만 해도 너무 행복해.

"그 하나의 나만의 비밀이잖아. 그러니까 그 비밀을 갖고 있기 때문에 이 사람은 정말 행복하게 살아갈 수 있으니까 그런 문장하고 연결되고 비밀이 없이 행복할 수 없다는 거지요. 그게 꽃일 수도 있고 좋아하는 책일 수도 있고 이성일 수도 있고 사랑하는 자식일 수도 있고 그러잖아요."

행운 비밀이 없이는 행복도 없다는 이 문장이 말하고자 하는 내용이 참 아름답고 좋네요. 나만의 비밀 그 신비스러운 힘으로 하루하루 잘 버티며 살고 있는 것 같습니다.

유은 그렇죠. 길들인 것도 나오고 그러잖아요. 그래서 그 비밀이라는 것들 그러니까 이 문장을 보면 나는 어떤 비밀을 만들어 줘서 행복을 유지할까? 이런 생각할 수 있잖아요.
비밀이라는 말이 우리가 늘 생각하는 건 그냥 남에게 숨기는 것만 생각할 수 있는데 그것보다는 그냥 내면에 묻어 둔 나의 어떤 기쁨의 원천 이렇게 생각하시면 좋을 것 같아요.

행운 사실 이해가 잘 안 갔는데 〈케르겔렌 군도〉가 좋은 내용이 많이 있었네요.
〈케르겔렌 군도〉를 거의 제대로 못 읽은 것 같아요. 그런데 이렇게 이야기를 듣다 보니 참 매력적인 부분이 많이 있었네요.

유은 우리 삶의 어떤 비밀의 가치, 이런 것들에 대해서 얘기를 해주고 있어요.

행운 비밀이라고 해석을 해서 사실 단순한 비밀로 생각을 했는데 비밀보다는 뭔가 다른 어휘가 어울릴 것 같아요.

유은 그러니까 비밀이라는 얘기가 어떻게 보면 나만의 어떤 뭐랄까? 그거 표현이 시크릿이니까 비밀 번역을 했겠죠.
그런데 우리가 생각하는 그런 비밀 개념보다는 나만 소유하고 싶은 그런 것들이 있죠. 그러니까 우리가 지금 얘기하는 그런 것들을 갖고 있는 삶이 그냥 우리가 살아가는 것보다 훨씬 더 좀 더 풍요롭고 충만한 삶을 살아가는 데 도움이 됐다 이런 것 같아요.

행운   숨겨진 창 또는 숨겨 둔 창 그런 의미인가요?

유은   숨겨둔 창 그러니까 그냥 내 인생을 다 공개 영역에 두는 것보다도 -물론 내가 열린 창으로 보여줄 것들도 있지만- 정말 나만이 간직해야 할 가치가 있는 것과 관련된 창이라 생각해요.
좋아하는 취미 활동, 이런 것들은 좀 오히려 죽을 때까지 나 혼자만의 즐거움으로 갖고 가는 것도 굉장히 좋을 것 같아요.
주로 이제 선행이라든가 아까 얘기했지만 봉사 이런 것들이 있다면 남들이 모르면 어떤가요? 그런데 사람들은 그걸 자랑하고 싶어 하면서 까발리는 순간 저기 비밀의 영역은 날아가는 거잖아요.
그렇죠. 그런 것들을 하나쯤 갖는 것도 좋겠다) 생각을 좀 해 봤어요.

유은   그래서 책을 읽으면 그런 것들을 생각하게 돼서 좀 성숙한 사람으로 살아가는 데 도움이 되는 거 아닌가 생각을 해 봅니다.

행운   유은님이 토론자료 작성하신 건가요?

유은   예전에 독서토론할 때 만들었던 그 자료에서 가져왔으니 문제 없어요.

"그러니까 이 사람이 우리의 인생을 하나하나 그냥
하나씩 그 생각 세포 하나까지도 분석하는 그런 느낌
있잖아요. 우리는 그냥 뭉뚱그려서 "그랬어." 했던 걸
이 사람은 하나하나 분석해서 이렇게 한결 글로
펼쳐 준다는 그런 느낌이었어요."

행운   유은님한테 저작권이 있는 거죠?

유은   ㅎㅎ 거창하게 저작권까지 얘기하니 심각해지지만 그렇죠.

기쁨   '삼목 책마실2'에 제시해 준 조하리 윈도우에 있는 조합의 창이
심리적으로 보면 이렇지만, 이 조하리의 조합의 창에 '삼목 책
마실' 4번을 적용해 본다면 유은님이 생각을 열게 해 주신 제
시문이 다른 사람은 아는 부분을 저는 모르는 부분, 즉 보이지
않는 창을 열어 준 것 같아요. 그러니까 조하리의 창을 심리적
으로 안 보고 지식적으로 본다면 저는 몰랐는데 유은님이 알
아서 우리를 이렇게 이끌어 주는, 그래서 '보이지 않는 창'이었
는데 하나하나 알아 가며 이런 거였구나, 정말 이런 것도 알게
되고 새롭게 그 지식에 대해서 이렇게 탐구해 가며 생각해 볼
수 있는 창을 제시해 주신 것 같아서 참 감사했어요.

또, 장 그르니에는 그냥 그냥 오늘 하면서 살아가는 제게, 어떤 뇌가 있으면 하나하나를 분석해 간다고 해야 할까요?

유은   지난번에도 얘기했지만 기본적으로 프랑스라는 나라들은 학교 교육 과정에서 토론을 많이 하고 대입문제도 철학문제를 해결하는 과정으로 평가한다고 하니 평상시 삶 자체에서 이렇게 사유를 많이 하게 되는 사람들이니까 다들 과학자이면서 의사이면서도 결국은 다 철학자인 경우가 많더라고요.

오늘은 이렇게 마무리하겠습니다. 오늘도 수고 많으셨습니다.

〈내게 걸어온 섬의 말들〉

기쁨	만인에게 감춰진 삶에는 어떤 위대함이 있다.
소준 한별	그 순간 나는 하나하나의 사물을 아름답게 만드는 비밀을 예찬했다. 비밀이 없이는 행복도 없다는 것을.
오롯	그들의 삶의 가려진 쪽에 대해 우리는 추론을 통해서밖에 알지 못하는데 정작 단 하나 중요한 것은 그쪽이다.
감사 여유	나는 혼자서, 아무것도 가진 것 없이, 낯선 도시에 도착하는 것을 수없이 꿈꾸어 보았다.
행운	비밀스러운 삶, 고독한 삶이 아니라 비밀스러운 삶 말이다. 나는 오랫동안 그 꿈이 실현 가능한 것이라고 믿어 왔다.
유은	데카르트의 선택은 하나를 양보해서 둘을 얻은 것이었다. 그는 생활을 완전히 개방해 놓음으로써 정신은 자기만의 것으로 간직할 수 있었다.
고양	처음은 항상 멋지기 마련이다. 다만 그 다음은 멋이 덜해진다.
기쁨	인간의 정신과 시간 사이에는 견디기 어려운 관계가 맺어져 있다. 청춘, 자유, 사랑...이라는 말을 들을 때면 항상 스탕달이 생 피에르인 몬토리오에서 자기가 '사랑하는' 풍경을 앞에 두고 썼다는 다음과 같은 짤막한 말이 왜 생각나는지 까닭을 모르겠다. "오늘 내 나이 쉰 살이 되었다."
유은	어떤 열렬한 사랑은 그 주위에 굳건한 요새의 성벽들을 쌓아 두려한다. 그 순간 나는 하나하나의 사물을 아름답게 만드는 비밀을 예찬했다. 비밀이 없이는 행복도 없다는 것을.

4. 네 번째 섬: 행운의 섬들

중요한 것은 안락한 삶을 이끌어가는 것이 아니라

충만한 삶을 느끼는 것이다.

그것이 고통일지라도

- 『지중해의 영감』/ 장 그르니에

유은   94쪽에 행운의 섬들이 나오거든요.

행운의 섬들이란 표현보다도 제가 봤을 때는 행복의 섬이란

표현이 더 어울릴 것 같은데요.

이 챕터는 여행의 섬이란 제목도 어울리겠다는 생각도 했고

요.

행운   줄을 치긴 했는데 제 생각이랑 꼭 들어맞지는 않아요.

행운   저는 여기 96쪽에 '그러므로 사람은 자기 자신에게서 도피하기

위해서가 아니라 그것은 불가능한 일 자기 자신을 되찾기 위

하여 여행한다고 할 수 있다.'라는 부분에서 저는 사실 그렇게 여행을 많이 안 다녀 보고 여행을 그렇게 좋아하지도 않아서 잘 이해가 되지 않았습니다. 그런데 모두들 자기 자신을 되찾기 위해서 여행을 가면 자기 자신을 되돌아볼 수 있는 시간이 많이 생겨서 자신을 되찾게 된다는 건가요?

오롯 저도 96~97쪽에 "사람은 자기 자신에게서 도피하기 위해서가 아니라 자기 자신을 되찾기 위하여 여행한다." "자기인식이 반드시 여행의 종착역에 있는 것은 아니다. 사실 자기인식이 이루어질 때 여행이 완성된다." 라는 문장에 밑줄을 그었어요.

저도 한 때 여행을 많이 다녔었는데 어떤 장소로의 여행이 좋아서 간 건 아니었고 방학이라는 기회가 있었기 때문에 떠났던 건데 이 문장이 꽤 충격적으로 와닿았어요.

큰 목적이 있는 여행은 아니었지만 여행에서의 상황 자체를 즐기고 여러 장소를 보고 새로운 곳에서 새로운 것을 먹고 즐기는 여행을 주로 했었는데 이 글을 보고 나니 그동안 진정한 여행을 한 건 아니었나? 라는 생각도 들더라고요.

생각해 보면 나 자신을 찾기 위한 게 진짜 여행일 수도 있겠다는 생각이 드는 게 여행을 가서 새로운 경험을 통해 좋은 감정이 드는 장소, 맛있다고 느끼는 음식을 알게 된다면 여행을 통해 내가 진짜 좋아하는 게 뭔지 발견하는 거잖아요.

오롯 그러니까 그런 과정들을 통해서 나에 대해 알 수 있는 시간을
     발견할 수 있는 게 여행이고 그렇게 해서 기분이 좋아지고 힐링
     이 된다면 여행을 통해서 행복을 찾을 수 있다는 것 같아요. 결
     국 여행을 통해서 자기인식을 할 수 있겠구나 생각이 듭니다.

여유 저에게 여행은 어디를 가느냐가 예전에는 중요했었습니다.
     어느 나라에 가서 뭘 먹고 뭘 했느냐를 중요하게 생각했는데
     시간이 지날수록 어디를 가느냐보다 누구랑 가느냐가 훨씬 중
     요해졌습니다.
     같은 장소를 가더라도 누구와 함께 하느냐에 따라 내가 바라
     보는 풍경도, 내가 먹는 음식의 의미도 달라짐을 여행이 거듭
     될수록 느껴졌습니다.
     사담이지만 제가 아이들과 떠난 해외여행이 7~8년 전입니다.
     그 때는 여행이 즐거운 것이 아니라 각종 짐들 덕분에 짐꾼으
     로 힘들다는 느낌이 더 컸습니다. 그래서 그 이후로는 아이들
     이 클 때까지는 해외여행은 가지 말자고 결정을 했었습니다.
     물론 지금은 아이들과 가는 여행이 저에게 가장 큰 활력소이
     고 행복입니다. 그래서 이번 겨울에 다시 해외여행을 도전하
     려 합니다.
     이처럼 여행이 나에게 주어진 상황이나 함께 하는 이에 따라
     달라질 수 있음을 생각하게 되었습니다.

"작가가 말하는 게 나를 발견할 수 있는 시간을 갖는
게 결국 여행의 목적이라고 말하고 싶었던 게 아닐까?
라는 생각이 들었어요. 그동안 아무 생각 없이 여행을
했었던 저에게 좀 충격적으로 다가왔고 앞으로의
여행에서 제가 생각하고 나아가야 될 바를
알려준 느낌이었어요."

행운   그게 바로 97쪽에 나와 있는 자기인식 같은데요. 자기 인식 그러니까 어느 멋진 장소로 여행을 가야만 자기 인식이 이루어지는 게 아니고 어느 장소든 누구와 가든 그 곳에서 느낀 감정들이 자기 인식으로 연결될 때에야 비로소 여행이 완성된다는 거지요.

그러니까 여유님이 조금 전에 말씀하신 그 여행은 여행으로서 완성되지 않았던 거죠.

자기 인식이 이루어지지 않고 그냥 육체적 피로로 기억에 남게 되는 그러니까 좋은 사람과 새롭고 멋진 장소를 갔으나 진정한 자기 인식이 이루어지지 않았고 그랬기 때문에 여행의 완성이 이루어지지 않은 거고 그래서 결론은 어딜 가든 누구와 가든 여행의 장소가 중요한 게 아니고 스스로 여행을 통해 진정한 자기 인식이 이루어졌을 때 비로소 완벽한 여행이 완성된다는 그런 말인 것 같습니다.

유은 여행 목적이 사람마다 좀 다를 수 있는데 자기를 되찾기 위해
서 가는 사람도 있을 것 같고 새로운 풍경을 발견하기 위해서
가는 사람도 있을 수 있고, 5번에 보시면 여행에 관한 다양한
의견이 있다 나에게 여행이란? 물음이 있습니다. 5번의 문제
를 살펴보면, 여행에 관한 다양한 의견이 있다. 나에게 있어서
여행이란 뭐냐? 95쪽을 보면 '충만한 힘을 갖고 싶거나 갖지 못
한 사람에게 일상생활에서 졸고 있는 감정을 깨우는 데 필요
한 것이 여행이다'라는 말이 나와 있죠.
평소에는 생각하지 못한 것을 여행하며 졸고 있는 감정을 깨
우게 된다라는 표현이 굉장히 재미있었어요.

유은 꽃을 보면서 이쁘다는 생각만 하는 게 아니라 꽃을 보면서 어
떤 사람은 슬픔을 얘기할 수도 있고 또 꽃을 보면서 생명의 위
대함을 얘기할 수도 있는데 낯선 곳에 가가 되면 우리를 졸고
있는 감정에서 깨우게 되니까 여행이 매우 긍정적인 생활의
활력소다 이런 말을 하는 것 같아요.

그 다음에 알랭드 보통의 여행에 대한 정의가 보이는데요. 보
통은 몇 년 전에 우리나라에서도 엄청 인기 있는 작가였어요.
프랑스에서도 유명하지만 우리나라에서 워낙 인기가 있어서
우리나라도 몇 번 방문했는데 이번에 『여행의 기술』이란 책을

보면 여행이란 무엇일까? 에서 '여행은 현실에서 만나는 노여움과 천박한 욕망을 벗어나기 위해서 하는 것이다.' 이렇게 표현을 했거든요.

유은 그러니까 그 밑에 보면 진실의 발견, 일상의 삶을 살다 보면 사실은 잘 모르는 것들을 우리가 여행을 통해서 찾는다.

그리고 사실은 환상을 깨는 거다 이런 얘기죠. 그럴 수 있다. 직장생활을 하다보면 힘들잖아요. 이럴 때, 아름다운 추억에 기대어 그 힘듦을 잠시나마 잊을 수 는 있겠지만 그런 목적으로 여행을 하는 것은 순간적 일탈일 뿐 근본적인 문제의 해결은 아니라는 말같아요.

제한적일 수 밖에 없는 그런 일탈은 '노여움과 천박한 욕망'으로 사로잡힌 우리의 현실을 회피하는 수단으로 작용하여 결코 올바른 방식으로 기능할 수 없겠지요.

오히려, 여행은 현실로 다시 돌아오기 위한 힘을 얻기 위해 우리는 여행을 한다른 표현으로 보입니다.

다음에 소개할 내용은 다소 여행에 대해서 부정적으로 보일수도 있는데 사실은 여행의 본질을 짚고 있는 말 같아요.

유은 "모든 석양은 그저 석양일 뿐인데 꼭 그것을 보러 콘스탄티노플까지 갈 필요는 없어."

집에 우리 아파트 앞에서 석양을 보면 되지. 굳이 강화도 석모
도까지 가서 봐야만 하나? 꼭 이런 시각을 얘기했거든요.
왜냐하면 "여행을 하면 자유를 느낄 수 있다고? 나는 리스본을
떠나 벤피카에만 가도 자유를 느낀다."
자기는 뭐 굳이 멀리 갈 거 없이 우리 동네에서만 봐도 나는 자유
를 느끼니까 굳이 여행을 갈 필요가 없어. 이렇게 말하는 거죠.

행운　　제가 여기 95쪽을 읽으면서 별로 공감을 못 했던 것 같아요.
95쪽에 보면 언제나 충만한 힘을 갖고 싶으나 그러지 못한 사
람들에게 여행이란 아마도 일상적 생활 속에서 졸고 있는 감
정을 일깨우는 데 필요한 활력소일 것이라고 쓰여 있는데 별
로 공감하지 못했거든요.

유은　　여기 페소아 얘기는 뭐냐면 네가 지금 살아가는 이 공간에서
어떤 감동이 없고 감흥을 못 느끼는 사람이라면 당신이 굳이
여기를 떠나더라도 마찬가지라는 거지요. 예를 들면 여기서
석양을 보면서 예쁘다는 감정을 못 느끼면 멋진 곳에 가서도
못 느낀다는 거야.
이 사람은 그러니까 네가 평소에 살면서 충만하게 살아야지
장소만 바뀐다고 해서 네가 그 감동을 느끼는 게 아니야 뭐 그
런 말이죠.

그러니까 갈 필요가 없어. 이런 뉘앙스가 페소아가 하고 싶은 말일 거예요.

행운   마음에 드네요. 저는 이 세 줄이 더 마음에 들고 졸고 있는 감정을 일깨우는 데 필요한 활력소일 것이라고 그런 졸고 있는 감정을 평소에도 한 번도 느끼지 않았기 때문에 그동안은 이해가 되지 않았던 것 같아요.

유은   일반적으로 마음 속에 풍경을 담는 것도 아니고 사진 찍어서 지인들에게 멋진 곳을 다녀왔음을 자랑스럽게 생각하는 목적이 가장 큰 거 아닌가 생각해요.
여행가서 반복적으로 사진만 찍기보다는 여행에 대한 어떤 태도를 가지는가 하는 것이 중요하다고 봅니다.

"다양한 촉수를 발휘해서 많이 느끼려고는 하죠.
이 책을 읽으며 저도 여행을 통해서 졸고 있는 감정
이런 것들을 한번 깨워 볼까 생각하게 되었죠."

유은   그러니까 그렇게 자유롭지 못한 사람은 자유의 도시 스위스를 간다고 해서 자유로워진다는 게 아니죠.
가서도 조급하고 시간에 쫓겨 유명한 코스만 찍고 돌아오기

바쁜 거지요. 자유가 중요하다고 생각하고 자유로워지기 위해 여행을 가는 사람들은 그들의 일상에 있어서도 그런 감정을 느끼고, 사물을 보고 깨닫고 이런 것들을 경험할 수 있을 때, 여행을 가서도 진정한 자유로움을 느낄 수 있다는 거지요.

행운 님은 여행 가면 어떻게 어떤 목적으로 가시는지 철학적인 게 있을 것 같기도 하고.

행운 아니에요. 저는 유은님의 여행의 목적이 궁금합니다.

유은 저도 그냥 구경만 하러 다니는 축에 속하죠.
다만 다양한 촉수를 발휘해서 많이 느끼려고는 하죠.
저도 이 책을 읽으며 여행을 통해서 졸고 있는 감정 이런 것들을 한번 깨워 볼까? 이런 생각을 해 보았어요.

유은 앙드레 지드가 얘기했던 것처럼 '시인은 자두를 보고도 감탄할 줄 아는 사람이다.'라고 했는데 그러니까 그런 것들을 평소에 바라보면서도 생각하느냐 못하느냐는 결국 생각의 크기인데 그런 것들을 우리가 평소에 살다 보면 못하잖아요.
그런데 이런 좋은 글들을 통해서 평소 생각지도 못했던 걸 나도 생각해 보게 되는 거지요.
내 자신에게 나는 그동안 저런 건 생각 못 했는데 이런 작가들은 그런 걸 생각하는구나.

깨닫게 되는 거지요.

유은 그 다음에 또 〈행운의 섬들〉에서 감동 받은 부분이 있으면 발
표해 볼까요?

소준 101쪽에서 "가장 달콤한 쾌락과 가장 생생한 기쁨을 맛보았던
그 시기라고 해서 가장 추억에 남거나 가장 감동적인 것은 아
니다. 그 짧은 황홀과 정열의 순간들은 그것이 아무리 강렬한
것이라 할지라도 -아니 그 강렬함 때문에- 내 마음속에 그리움
을 자아내는 행복은 단순하며 항구적인 어떤 상태다."라고 표
현을 해 주고 있잖아요.
극도의 희열을 느끼게 되는 그런 상태는 그런 잔잔하고 단순
하고 항구적인 것들이 점점 매력이 커지면서라는 부분에서 공
감할 수 있었습니다. 특별함보다는 무탈하고 사소한 즐거움이
매력과 감동을 자아내는 상태가 아닌가? 생각하였습니다. 그
리고 우리 일상에서도 그 어떤 특별한 일보다 평범한 삶 속의
소소한 매력이 내게 잔잔한 삶의 힘을 주고 기쁨을 주고 있지
않은가? 생각하게 해 주었습니다.

유은 이 페이지에 정말 좋은 표현들이 많이 있는 것 같아요.

기쁨 페소아가 말하는 자유, "내 안에 자유가 없다면 세상 어디에 가
   도 자유로울 수 없기 때문이다."에 밑줄을 긋고 '이것을 어떻게
   표현할 수 있을까? 자유를 소환할 수 있는 비유'라고 적어 놓았
   습니다. 페소아가 말하는 자유에 대해 비유를 들어 언어적으
   로 표현하고 싶은 생각이 들었습니다.

   아까 소준 님이 읽은 부분 중 저도 "내 마음속에 그리움을 자아
   내는 행복은 덧없는 순간들로 이루어진 것이 아니라 단순하며
   항구적인 어떤 상태다." 거기다 밑줄을 그어 두었는데 어쩌면
   이것도 '내 안의 자유'라고 할 수 있지 않을까 하는 생각이 들었
   습니다.

유은 가장 추억에 남거나 가장 감동적인 것은 어떤 달콤한 쾌락과
   생생한 기쁨을 맛보았던 어떤 시기라고 해서 가장 추억에 남
   는 건 아니다. 이런 말이죠. 다들 공감이 되나요?

유은 "행복은 덧없는 순간들로 이루어진 것이 아니라 단순하며 항
   구적인 어떤 상태다." 이 표현도 재미있네요.
   우리는 반대로 생각해 왔거든요. 예를 들면 우리 아이들 키우
   면서 그럴 수도 있겠죠.
   우리 아이들이 태어났을 때, 유치원 갔을 때, 초등학교 갔을 때

이 점들을 찍어 보자면 중요한 이벤트들이 있잖아요? 운동회 때 달리기에서 1등 했을 때, 우등상을 받아 왔을 때, 이런 점들도 있을 겁니다. 그러니까 아이들이 이 세상에 태어나서 정말 내게 기쁨을 줬던 순간들은 꽤 있을 거예요. 그런데 진정 행복은 그 점들은 찍은 순간 때문이 아니라 그냥 그 아이가 내 곁에 일상으로 존재함으로 행복하다는 것이죠.

"저는 힘든 순간에 이 문장을 기억하면 좋지 않을까?
생각했습니다. 우울하거나 힘든 순간들이 있을 때 그냥
그때그때 그 순간을 버티면 또 좋은 날이 오지 않을까?
하는 생각이 들어서요."

유은   그러니까 우리가 생각할 때 그냥 그것보다는 오히려 내가 우리 아이가 지나면서 그 점수를 꽉꽉 찍었던 그 순간들이 더 기억이 나고 행복일 거라고 생각하지만 그 당시에는 그렇게 느낄 수 있는데 나이를 점점 들어서 보면 그런 순간도 행복했지만 그 아이랑 더불어 그냥 같이 존재했던 그런 시간들 전체 그런 것들이 오히려 행복으로 이루어진 영원한 상태가 아니었을까? 그런 생각을 좀 해 봤어요.

소준   아이들이 행복하기를 바라는 마음으로 순간순간 노력했던 지난 시간들과 건강하고 밝게 성장하기를 바라며 사랑을 쏟는 현재의 하루하루가 모두 우리 가족에게 그리움과 행복을 주는 시간이 되지 않을까 생각됩니다.

유은   고양 선생님도 말씀할 게 있을까요?

고양   저는 힘든 순간에 이 문장을 기억하면 좋지 않을까? 생각했습니다. 우울하거나 힘든 순간들이 있을 때 그냥 그때그때 그 순간을 버티면 또 좋은 날이 오지 않을까 하는 생각이 들어서요. 힘든 순간도 작가의 말에 의하면 삶에서 점 하나일 뿐이니까요.

유은   그러니까 이 발견 못한 걸 좋은 걸 발견한 것 같은데 내가 보기에는 힘든 것도 마찬가지지만 기쁨의 순간도 마찬가지일 것 같아요.
그러니까 기쁨의 순간은 기쁨의 순간만 남을 것 같지만 사실은 기쁨의 순간들이 쭉 연결이 돼서 나중에 지나 보면 그냥 아까 얘기했던 대로 항구적인 어떤 기쁨으로 간다면 거꾸로 힘든 순간도 있을 거예요.
그 점들을 팍팍 찍어 보면 그 힘든 것 때문에 내가 못 살 것 같다는 생각도 들었겠지만.

그런데 실제로 보면 그 점들을 찍어 내고, 나중에 쭉 지내서 그냥 쭉 버텨 내면 나중에 보면 그것도 역시 내 인생에 그냥 지나가는 일로 남아 있게 됩니다.

목숨을 끊었을 만큼 그 당시에는 힘들었을지 몰라도 나중에 보면 아무것도 아닌 거잖아요.

그러니까 기쁠 때나 순간일 때나 굉장히 이걸 적용해 보며 살아가면서 좋은 문장이 되겠다는 생각이 드네요.

유은　지금 고양 선생님이 얘기한 게 97쪽에 보면 중간에도 있죠.

따라서 거기 보면 따라서 인간이 탄생에서부터 죽음에 이르기까지 통과해 가는 저 엄청난 고독들 속에는 어떤 각별히 중요한 장소들과 순간들이 있다는 것이 사실이다.

그 장소 그 순간에 우리가 바라본 어떤 고장의 풍경은 마치 위대한 음악가가 평범한 악기를 탄주하여 그 악기 위력을 자기 자신에게 문자 그대로 게시하여 보이듯이 우리의 영혼을 뒤흔들어 놓는다.

98쪽에 보면 그르니에는 토스카나 프로방스지방을 쭉 여행을 하잖아요.

98쪽에 써 있는데 오후 2시에 자신에게 배정된 방 안으로 들어갔을 때 열린 덧문 사이로 나무들, 하늘, 포도밭, 성당 등이 소용돌이치는 저 거대한 공간이 보이자 그는 마치 열쇠 구멍으로 들여다보는 듯한 느낌이 들어서 그만 눈물이 쏟아져 나와 흐느껴 울기 시작했다.

이 표현이 공감이 됐나 모르겠네요.

유은 '찬미의 눈물이 아니라 무력의 눈물이었다. 그러니까 그는 자기가 절대로 이룰 수 없는 모든 것을 하는 수 없이 감당하기 마련인 미천한 삶을 깨달은 것이다.'

지난번에 저는 이 부분을 보면서 처음에 우리 〈공의 매혹〉에 나오는 부분하고도 연결이 좀 됐거든요.

문이 반쯤 열린 사이로 조금 보니까 보이는 하늘이라든가 이런 것들을 보니까 엄청나게 그냥 거대한 거예요.

그 동안 내가 이 세상의 주인공인 것처럼 나름대로 열심히 살았는데 그 대자연을 보니까 나는 정말 개미만도 못한 아주 작은 미세한 그런 존재라는 걸 깨달은 거예요.

대자연이 아름다워서 눈물을 흘리는 게 아니라 그런 내 존재의 어떤 무력함 이런 것 때문에 눈물 흘렸다는 부분이 나오거든요.

행운 그렇죠. 원래 아니 이렇게 젊었을 때는 모르겠지만 살다 보면 항상 절대로 이룰 수 없는 모든 것을 그리고 하는 수 없이 그냥 감당하고 내 몫으로 받은 것들을 마땅히 받아서 감당하고 살아야 한다고 생각하잖아요.

아마 그냥 나에게 주어진 삶인가보다 감당해야 하는 미천한 삶이었네요.

무력함의 눈물이었고 미천한 삶이라는데 이제는 그런 삶에 화도 안 나는 것 같아요.

사실은 97쪽 조금 전에 교장 선생님께서 말씀하신 이 부분이 제가 계속 밑줄을 그으면서 여러 번 읽었던 부분이거든요.

행운   그런데 그 때는 제가 이해가 안 갔는데 교장 선생님께서 한 번 다시 읽어 주시고 보니까 이게 결국 그 여행에서도 사람들이 말하는 멋진 곳, 그런 유명한 곳 사진을 남겨야 하는 그런 곳이 이제 그 곳에서 여행이 완성되는 게 아니고 나에게 의미 있는 장소가 되어 있는 거기 자기 인식 그러니까 나랑 연결되어 있는 그런 순간과 장소들이 이렇게 생겼을 때 여행이 완성된다는 말이 아닌가 하는 생각이 드네요. 그래서 그 장소 그 순간에 우리가 바라본 어떤 고장의 풍경, 그 장소와 그 순간이 나에게 어떤 강렬한 느낌을 주는 거라는 생각이 드네요. 저에게 그런 장소는 사실 유럽이나 이런 멋진 곳은 아니었는데 저는 대만의 지우펀에서 그런 감정들을 느껴 본 것 같아요. 지우펀 꼭대기 위에서 내려다보면서 느꼈던 그 감정, 모두들 가 보셨죠?
지우펀 지대가 높잖아요. 아래로 이렇게 내려다보면은 정말 예쁘게 뭔가 감동을 주는 그런 게 있거든요.

행운   제가 우리 신랑 때문에 대만에 가서 살면서 힘들었거든요. 아이도 어리고 저는 우리나라가 아닌 곳에서 익숙치 않은 외국 생활을 하는 것도 별로 안 좋아하고요. 그런데 지우펀 그 꼭대기에서 내가 여기 이 장소에서 이 장면을 보게 해 준 우리 신랑한테 굉장히 고마워하면서 '내가 신랑과 함께 이곳에서 살지 않았다면 내가 평생 안 와 봤을 수도 있었을 텐데.'라는 생각이 들면서 그러면서 막 마음이 웅장해지고 잊지 못할 감정이 샘솟고 그러더라고요. 너무 아름다워서.

사실 대만의 지우펀이 굉장히 유명하고 힘들게 꼭 가야 하는 관광명소 그런 곳은 아니잖아요.

가깝기도 하고 누구나 마음먹으면 쉽게 갈 수 있는 우리나라와 가까운 그런 곳인데 저에게는 잊지 못한 감동을 준 특별한 장소로 기억에 남아 있습니다.

저는 그곳에서 이 책의 내용처럼 내 자기 인식과 함께 여행의 완성이 이루어졌던 게 아닌가 하는 생각이 드네요. 그 곳에서 비로소 자기 인식을 했고 여행이 완성됐던 것 같아요.

"그래서 제가 그때 멋있는 유럽이나 아무나 갈 수 없는
먼 곳이 아닌, 내가 쉽게 갈 수 있는 가까운 장소에서도

엄청나고 굉장한 환희의 느낌을 받았다면 그게 바로
자기 인식이 이루어진 것이고 바로 그 순간 비로소
진정한 여행이 완성됐던 경험을 느꼈던 것 같습니다."

유은   그런 장소가 있다. 그렇죠. 그것도 굉장히 의미가 있는 것 같아요.
살면서 지금까지 보면은 이렇게 되돌아보면 정말 기억나는 장소, 거기 가 봐야만 다시 찾을 수 있다고 페소아라는 시인은 말하거든요.

"우리는 어떤 장소를 떠나면서 우리의 일부분을 남긴다. 떠나더라도 우리는 그곳에 남는 것이다. 우리 안에는, 우리가 그곳으로 돌아가야만 다시 찾을 수 있는 것들도 있다."

유은   100쪽, '위대한 풍경의 아름다움은 인간의 힘으로 감당하기에 너무 벅찬 것이다'라 했는데 아까 행운님이 말한 지우편 같은 장소, 그런 풍경들이 있는 것 같아요. 그러니 감격의 눈물도 흘리고 막 그랬겠죠.

유은   그 다음에 혹시 거기는 줄 친 분 없나요? 104쪽에 보면 맨 위에 쭉 이게 나오거든요.

"그 순간(단 하나의 순간) 나는 오직 내 발과 땅, 내 눈과 빛의 결합을 통해서 나를 받아들였다. 같은 순간, 지중해의 모든 기슭에서, 팔레르모, 라벨로, 라구사, 아말피, 알제, 알렉산드리아, 파트라스, 이스탄불, 스미르나, 바르셀로나의 모든 테라스 꼭대기에서 수많은 사람들이 나처럼 숨을 멈추고 말하고 있었다. '그렇다.'라고."

그러니까 아름다운 딱 순간을 보면서 이 사람이 이 순간은 지금 나만 있는 게 아니라 각각 지중해 모든 기지에 있는 사람들이 나랑 똑같이 이 숨을 멈추고 지금 멋지다 그렇다라고 얘기하면서 하는 상황을 생각한 거거든요.
저는 이걸 보면서 어떤 생각이 들었냐면 우리 〈쇼생크 탈출〉이란 영화의 한 장면이 떠올랐어요.

유은   갑자기 왜 생각나는지 모르겠지만 죄수들이 평소처럼 작업을 하다가 아름다운 클래식 음악이 들리자 작업을 멈추고 휴거 때처럼 모두 음악이 울려퍼지는 하늘로 향하던 그 장면말이죠.

행운   모차르트의 '피가로의 결혼' 중에 '산들바람은 부드럽게' 그 음악이 나왔어요.

유은 107쪽에 "바다 위에 떠가는 꽃들아~" 이 부분 아까 오롯님이
    얘기하셨죠?
    그러니까 그르니에의 사상에는 불교나 우파니샤드 철학와 같
    은 인도의 전통적인 철학도 엿볼 수 있거든요.
    우파니샤드 철학에는 모든 것이 대자연 속을 이루는 하나의
    작은 우주다. 그리고 모든 사물 안에는 그 하나하나가 완결성
    을 지닌 소우주다라는 그런 생각도 있어요. 보면 바다 위에 떠
    가는 꽃 이런 것들이 다 그냥 각자 존재하는 게 아니라 이 안에
    도 다 내가 거기에 깃들어 있는 거고 그런 것들이 또 모여서 하
    나의 우주를 이룬다는 그런 내용도 좀 있거든요.
    그러니까 〈고양이 물루〉에도 이런 철학이 반영된 곳이 여러
    번 나오죠.

유은 42쪽에 보면 "너는 아무 말도 하지 않지만 네 말이 다 들리는
    것 같다.
    나는 저 꽃이에요. 저 하늘에 고양이가 이제 이렇게 말하는 것
    처럼 보이거든요.
    당신은 사람이니까 저는 의자예요. 나는 그 폐허였고 그 바람,
    그 열기였어요.
    가장한 모습의 나를 알아보지 못하시나요? 당신은 나를 인간
    이라고 생각하니까 나를 고양이라고 여기는 거예요."

당신은 자신이 인간이라고 생각하지만 사실 당신은 인간이면서 또 고양이이기도 하고 구름이기도 하고 그런 부분이 쭉 나오잖아요.

유은   자 이제 마무리해야 할 시간이네요.
쉬운 듯 어렵고, 알송달송한 내용이 재미와 더불어 우리를 철학의 세계로 안내한 것 같아서 유익한 토론 시간이었네요.

행운   그럼 다음 시간에는 〈이스터 섬〉부터 이야기하는 것으로 하면 될까요?

유은   네.

〈내게 찾아온 섬의 말들〉

행운	인간이 탄생에서부터 죽음에 이르기까지 통과해 가야 하는 저 엄청난 고독들 속에는 어떤 특별히 중요한 장소들과 순간들이 있다는 것이 사실이다.
여유	언제나 충만한 힘을 갖고 싶으나 그러지 못한 사람들에게 여행이란 아마도 일상적 생활 속에서 졸고 있는 감정을 일깨우는 데 필요한 활력소일 것이다.
오롯 고양	그러므로 사람은 자기 자신에게서 도피하기 위해서가 아니라 -그것은 불가능한 일- 자기 자신을 되찾기 위하여 여행한다고 할 수 있다.
한별	자기 인식(reconnaissance)이 반드시 여행의 종착역에 있는 것은 아니다 사실은 그 자기 인식이 이루어질 때 여행이 완성된다.
소준 기쁨	위대한 풍경의 아름다움은 인간의 힘으로 감당하기엔 너무나 벅찬 것이다.
감사	내 마음속에 그리움을 자아내는 행복은 덧없는 순간들로 이루어진 것이 아니라 단순하며 항구적인 어떤 상태. 그 상태는 그 자체로서는 강렬한 것이 전혀 없지만 시간이 갈수록 매력이 점점 더 커져서 마침내는 그 속에서 극도의 희열을 느낄 수 있게 되는 그런 상태인 것이다.
오롯	사는 것이 아니라 또 하나의 새로운 예기치 않은 순간을 기다리면서 그저 살아남아 있는 것뿐이다.
유은	내 마음속에 그리움을 자아내는 행복은 덧없는 순간들로 이루어진 것이 아니라 단순하고 항구적인 어떤 상태이다.

유은	바다 위에 떠가는 꽃들아, 가장 예기치 않은 순간에 보이는 꽃들아, 해초(海草)들아, 시체들 아, 잠든 갈매기들아, 배의 이물에 갈라지는 그대들아, 아, 내 행운의 섬들아! 아침의 예기치 않은 놀라움들아, 저녁의 희망들아─나는 그대들을 이따금씩 다시 보게 되려는가?

섬이 내게로 왔다

제목	저자	옮긴이	날짜: 24. 5 . 27 .	GC카드
섬	장 그르니에	김화영	페이지: 32	〈여유〉

"간직하고 싶은 문장 Copy"

가장 못한 것이 오직 다르다는 이유로 널리 쓰일 수도 있다. 가장 좋은 것도 없고 가장 못한 것도 없다. 이때에 좋은 것이 있고 저 때에 좋은 것이 있다.

"책 내용 Contents"

우리는 지금의 나에 사로잡혀 선택한다. 마치 정답이라도 있는 것 마냥.

내가 가진 생각들은 당시의 상황, 정보, 환경 등으로 이루어진 것이며 완벽할 수 없다.

하지만 이를 쿨하게 인정하는 사람은 많지 않다. 특히 요즘 사회는 더욱 그렇다.

MZ와 꼰대라는 용어에서도 볼 수 있듯이 서로의 다름을 단순히 세대의 차이로 치부하기도 하고, 생각의 차이를 편향적 사고나 정치적 의도로 바라보며 비난과 혐오로 대응하기 일쑤다.

존중과 배려를 가르치는 학교는 어떠한가?

학교에 대한 신뢰와 권위는 점차 희미해지고 있다.

내 생각만이 옳다라 주장하는 아이들과 이를 당연하게 치부하는 학부모는 교사들의 남은 사기마저 꺾고 있다.

이는 확증편향에 빠져있는 우리 사회의 단면이라 생각한다.

타인의 생각과 의견을 진심으로 공감하고 청취하는 것이 아니라,

"그래, 네 생각이 그렇다는 건 알겠는데, 내 생각이 옳아."라고 모두들 말하는 듯하다.

"획득 Gain"(정보, 지식, 지혜, 카타르시스, 위로, 힐링, 정신적 즐거움 등)
위 문구를 읽으며 나부터 생각을 비우려 노력해야겠다고 다짐했다. 공의 매혹이란 소주제처럼 머릿속을 비우고 타인의 생각을 진심으로 받아들이는 연습이 필요하다. 내가 매일 만나는 아이들에게 특히 말이다.
"변화 Change"(행동 또는 생각의 변화)
내가 더 먼저 태어났고, 더 많은 경험을 했다는 이유만으로 아이들의 생각과 마음을 지나치지 않았나 반성해 본다. 유연한 사고를 지닌 어른과 함께 자란 아이들은 자연스레 존중과 배려를 배우게 될 테니 말이다. 우리의 교육은 거기서부터 시작된다고 생각한다.

섬이 내게로 왔다

제목	저자	옮긴이	날짜: 24. 7. 17.	GC카드
섬	장 그르니에	김화영	페이지: 95	〈여유〉

"간직하고 싶은 문장 Copy"

여행이란 아마도 일상적 생활 속에서 졸고 있는 감정을 일깨우는 데 필요한 활력소일 것이다.

"책 내용 Contents"

나도 여행을 좋아한다. 위 문구처럼 내 삶의 활력소이기 때문이다.

그렇다고 일정을 빡빡하게 계획하는 여행은 싫어한다.

내게 그런 여행은 활력이 아닌 피로함으로 다가온다.

우리의 삶 속에서 활력소를 찾는 것은 매우 중요하다.

저자의 말처럼 내면적 노래가 없이는 그 어느 것도 가치를 지니지 못하기 때문이다. 여기서 말하는 내면적 노래를 나는 "동기"라 주로 칭한다.

동기가 충만한 과업은 힘들어도 참을 수 있지만, 동기가 빠져있는 일을 참아 내기란 쉽지 않다. 나에게 있어서는 더욱 그러하다.

"획득 Gain" (정보, 지식, 지혜, 카타르시스, 위로, 힐링, 정신적 즐거움 등)

수업을 시작하면 흔히들 동기유발을 한다.

아이들이 수업에 흥미를 가지도록 하는 단계로 불리지만, 나는 우스갯소리로 교사의 동기 유발 시간이라 말한다.

나는 교사가 수업에 임하는 마음가짐에 따라 수업의 질이 달라질 수 있다 생각한다.(물론 모든 교사에게 해당 되는 부분은 아니니 오해 마시길 바란다.)

여자친구와 싸운 다음 날은 심란한 기분에 수업이 잘 될 리가 없었다.

반대로 주식이 상한가 친 날은 모든 것이 허용되는 날이기도 했다.

과장된 예지만 그만큼 교사의 동기부여에 따라 학생들에게 전달되는 에너지가 달라진다는 뜻이다.

"변화 Change"(행동 또는 생각의 변화)

얼마 전 교생실습을 온 후배 교사들에게 현장의 경험담을 전달할 기회가 있었다. 그들에게 내가 가장 먼저 해주고픈 말은 나만의 동기를 찾으라는 메시지였다. 독서든 여행이든 운동이든, 하물며 잠자기여도 상관없다.

내가 좋아하는 행위를 통해서 삶의 에너지를 찾고, 그 에너지를 학교에서 사용하라는 의미였다. 가능하면 아이들이 아닌 오롯이 나에게서 동기를 찾길 바란다고 당부했다. 내가 행복해야 아이들에게 진정한 행복의 의미를 전달할 수 있음을 더욱 느끼고 있기 때문이다.

내가 행복할 수 있는 '동기'들이 많으면 많을수록 늘어나는 고통(?)에도 웃을 수 있으리라. 그래서 나는 오늘도 아내의 온갖 구박(?)에도 꿋꿋이 운동을 나간다.

III부

가을의 여정

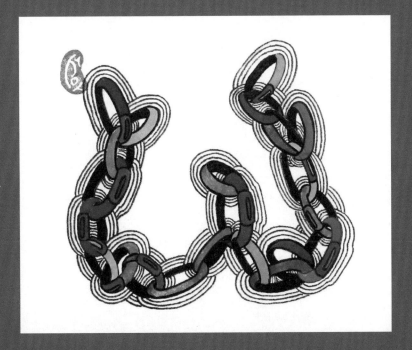

5. 다섯 번째 섬: 이스터섬

인생이라는 이야기는 얼마나 빨리 끝나버리는가.

압도되지도 않고 허무하지도 않았다.

다만 너무 빨리 지나가는 것이 잔인하다는 생각뿐이었다.

-『속죄』/ 이언 매큐언

유은   이번에 토론할 챕터는 〈이스터섬〉인데요. 예전에 청하에서 발
간한 『섬』 책에서는 부활의 섬이란 제목으로 삽입되어 있어요.
1722년 네덜란드인 탐험가 야코프 로헤베인(Jacob Roggeveen)
이 이 섬을, 유럽인 최초로 발견했을 때가 마침 부활절(Pasen,
Easter day)이라서 이 섬 이름을 이스터 섬(Paasch-Eyland,
Easter Island)이라고 불렀다 합니다.

감사   정육점 주인이 죽어가는 그런 이야기로 풀어나가는 부분인데
저는 115쪽에 보면 '나는 너무 젊어서 사람이 육체적으로는 아
주 약해지면 마음도 따라서 약해지고 별것 아닌 아픈 기억만

으로 자살에 이를 수도 있다는 것을 이해하지 못했다' 는 부분
이 공감이 갑니다. 젊었을 때는 이런 걸 저도 이해를 못했는데
지금은 상황이 바뀌다 보니 공감이 되는 부분입니다.

행운   좋은 내용이네요.

감사   많이 공감이 되는 예로 사람이 몸이 아프면 마음도 약해지더
       라고요.
       제가 작년에 겪어 보니까 그래서 젊었을 때는 모르다가 지금
       은 공감되는 이야기들이 많이 있습니다.

유은   그러니까 살면서 이런 경험이 좀 있어야 그 문장이 감동도 오
       고 가슴에 꽂히는 것 같아요.

행운   그러네요. 이렇게 좋은 문장이 있는지 몰랐었네요.

행운   혹시 이스터 섬에서 감동적인 부분 없었어요?

감사   저는 이 책 제목과 잘 맞아떨어지는 부분으로 124쪽 밑에 각주
       에 보면 '섬들을 생각할 때면 왜 숨이 막히는 듯한 느낌이 일어
       나는 것일까? 우리는 섬에 가면 격리된다. 섬, 혹은 혼자뿐인

한 인간, 혹은 혼자씩일 뿐인 인간들'에서 인생을 혼자서 개척해 나가야 되고 죽을 때도 혼자 죽어야 되고 이런 상황이 섬에 갔을 때 받는 고립된 느낌을 잘 표현한 거 같아서 공감이 됩니다.

행운   좋은 부분들을 굉장히 많이 찾으셨네요.

유은   각주에 중요한 내용이 들어있었네요. 이 책 제목처럼 『섬』이라는 게 격리된 인간을 의미하기도 하고 이 책을 보면 지금 8개의 챕터의 제목이 대부분 섬이라는 낱말이 포함되어 있는데 각각 우리 인생의 중요한 주제들인 것 같아요.
이 챕터에서는 죽음이라는 주제에 대해서 말하는 것 같습니다. 책 114쪽 하단을 보면 정육점 주인이 왜 자기가 병에 걸리는지 나름 원인을 분석하는 내용이 나오거든요? 어떤 생각들을 했는지 궁금합니다.

유은   "나도 당신 같았어요. 그 때문에 나는 죽게 된 거예요.
나는 나만을 위해서 사는 줄 알았는데 사실은 남들을 위해 살고 있었던 거예요."
이 부분이 있거든요. 그러니까 우리는 나를 위해서 살면 지금까지 배운 교육으로는 이기적인 사람이라 굉장히 나쁜 쪽으로

애기를 했거든요.

반면 딴 사람을 위해서 살면 이타적이니까 굉장히 훌륭한 삶으로 살았는데 여기서 나오는 건 그런 의미가 아니에요. 사실은 우리가 나를 위해 살아야 되는데 사실은 남을 위해서 사는 것 같아요.

그러니까 남을 위한다는 건 뭐냐 하면 남의 시선과 잣대를 따르며 사는 삶을 의미한다고 봐요. 내가 하고 싶은 대로 사는 것이 아니라 남이 가르쳐준 기존의 어떤 사상들, 고정관념들, 남들이 이렇게 해라 저렇게 해라 하고 알려준 방식대로 사는 것을 의미하지요. 그러다 보면 정작 내 삶을 못 사는 거예요.

*"그러니까 이기적으로 살아라. 나를 위한 삶을 살아라.
이런 말들이 많이 나오잖아요? 우리는 살면서 항상
남의 시선, 남의 잣대로 사는 일들이 많은데 이런
문장을 통해 '이기적'으로 살라는 말의 참뜻을
이해하게 되었어요."*

유은　그러니까 정말 낙도에 혼자 가서 조용히 사는 게 내 꿈이면 그렇게 살면 되는데 남들이 욕망하는 대로 자동차 좋은 거 사고 큰 집에 살아야 되고 가방도 루이비통 사야 되고. 이런 것들은 사실은 내 욕망이라기보다 다른 사람의 욕망을 채우기 위해서 하는 거거든요.

그러니까 여기 나오는 나만을 위해 산다는 얘기는 이기적으로 살라는 개념이 아니라 내 자신이 어떤 줏대를 갖고 우리 학교에서 말하는 결대로 살아야 되는 건데 남을 위해서 산다는 이유에서는 다른 사람이 정해 놓은 가치나 기준에 따라 살다 보니까 나이를 먹게 살아도 행복하지가 않은 거죠.

그런 얘기를 이 사람이 하는 거라고 나는 생각을 했어요.

그러니까 이기적으로 살아라. 나를 위한 삶을 살아라. 이런 말들이 많이 나오잖아요? 우리는 살면서 항상 남의 시선, 남의 잣대로 사는 일들이 많은데 이런 문장을 통해 '이기적'으로 살라는 말의 참뜻을 이해하게 되었어요.

유은   그래서 이런 걸 보면서 그래 내가 좋아하는 거 내가 하고 싶은 걸 해야지 우리 학생들 진로를 정할 때도 보면 내가 정말 하고 싶은 걸 해야 되는데 대부분 부모님이 의사가 최고지 변호사가 최고지 이러면서 가르치는 게 다 남에 의한 잣대대로 사는 거거든요.

그래서 그런 부분이 여기서 좀 생각을 했고요.

유은   116쪽 하단을 보며 좀 공감이 됐어요.

여기 보면 정육점 주인이 이야기하는 부분이 있어요.

"그리고 30년쯤이 지나고 아내도 아이들도 가져본 적이 없는 거나 마찬가지가 되겠죠."

저는 결혼한지 30년 정도 되어서인지 이말이 정말 공감이 되었어요.

쉽게 말하면 결혼초기의 자녀나 아내에 대한 열정이 사그라들고 그냥 같은 공간에 같이 함께 공존하는 사람들 같은 느낌으로 산다는 거지요. 이 부분을 읽으며 반성 많이 했습니다.

(모두 웃음)

유은   그 다음에 123쪽에 위에서 세 번째 줄 '우리가 삶에 그토록 집착하는 것은 우리의 몸이 마련해 주는 그 예기치 않은 놀라움 때문인지 모른다.'

그래서 우리가 살면서 가지고 있는 거 우리가 갖고 있는 공간 이런 거에 집착하는 원인이 살면서 거기서 얻는 좋은 것 때문일 수도 있고, 아이들한테 집착하는 것도 아이들이 주는 행복함 이런 것들 때문에 아이들한테 집착하기도 하고 또 때로는 예기치 않은 놀라움 때문일지도 모른다는 사실에 공감을 하게 됩니다. 그 기쁨을 줬던 그런 아이들로 인해서 또 여러 가지 마음고생을 하기도 하고 또 그 사실은 우리가 슬픔도 사실은 기쁨과 같은 거라는 의미가 그런 것 같아요.

기쁨을 줬던 요인이 나중에 보면 그것 때문에 또 슬픔을 주고 그런 것 같아요.

애초에 기뻐하지 않았다면 그것 때문에 슬퍼할 일은 사실은 없는데 그런 것들을 살면서 느끼게 되고, 그래서 그 밑에 줄도 줄 쳐 있는데요.

유은 "끝은 항상 똑같지만 거기에 이르는 우여곡절은 러시아 산맥의 비탈만큼이나 다양하다."

끝이라는 것은 여기서 죽음인 것 같아요. 모든 인간은 다 결국은 죽게 되잖아요?.

잘 살든 못 살든 인기가 있든 인기가 없든 결국은 똑같이 죽는다는 것은 같은데 거기에 이르는 삶의 방법이나 방식은 굉장히 다르다 그렇잖아요. 그런 부분이 또 공감이 됐고요.

마지막으로 한 가지만 말씀을 더 드리면 125쪽의 맨 끝문장 여기도 굉장히 좀 시크해요.

125쪽 맨 끝에 나는 지금 아직도 희미한 의식이 남아 있을 때의 정육점 주인 이야기를 하고 있어요.

지금까지 그래서 쭉 정육점 주인하고 있었던 일들을 쭉 얘기하고 죽음에 대해서 쭉 얘기해요.

그러다가 어느 순간 마음의 유턴을 해서 그러나 그는 곧 의식을 잃었고 그 다음 일은 그 어느 누구와도 상관없는 일이다 해서 갑자기 시크하게 싹 변하는 모습이 너무 놀라웠는데 어디에 또 등장하냐 하면 그 〈고양이 물루〉 한번 보실래요?

유은 〈고양이 물루〉 74쪽 맨 끝줄에 보면

"이제 그는 땅속에 누워 있었다.
바로 그날 저녁부터 떨어진 낙엽이 그 위를 덮었다. 나는 배 발길을 재촉해 허둥지둥 내 방으로 올라갔다. 그다음 날 출발할 예정이었는데 이사 준비가 아직도 채 끝나지 않은 상태로 남아 있었던 것이다."
고양이가 죽어서 안타까워하고 막 그래요.
감정 이입이 돼서 굉장히 슬퍼해. 그러다가 그다음부터 보면 나는 발길을 재촉해 허둥지둥 내 방으로 돌아갔다.
그다음 날 출발할 예정이었는데 이사 갈 준비가 아직도 끝나지 않은 상태로 남아 있었다라는 부분이 있잖아요. 막 슬퍼하고 감상에 젖어 있다가 있다가 갑자기 감정의 유턴이 이루어지면서 그 감정의 기복이 확 심하게 변하는 거예요.
이런 것들이 여기 들어있는 거예요.

그러니까 이 슬픔이라고 하는 그 감정에 푹 빠져 있지만 그 감정 속에서 지속적으로 살 수는 없는 존재야 인간이라는 존재는. 그래서 이런 것들을 보면 사람은 결국 밥은 먹어야 사는 존재일 수 밖에 없구나하고 생각했어요.

행운 이스터 섬에 이렇게 좋은 문장들이 많은지 몰랐네요. 굉장히 좋은 책이었네.
그런데 왜 그렇게 읽기가 쉽지 않았는지 모르겠네요.

소준 "도살장에서는 양들을 연달아 잡지요. 하고 그는 말하곤 했다. 그런데 저들은 나를 혼자 죽게 만들어요." 이 부분은 어떻게 해석하셨어요? 사람이 외롭게 죽음을 맞이한다고 하지만 양들이 함께 죽음을 당하는 것을 부러워하는 마음을 동의할 수 없더라고요.

행운 도살장에 있는 양들도 같이 죽으러 가는데 나는 혼자 죽는 것이니까 안타까운 마음인 것 같아요. 하다못해 양들도 같이 죽으러 가는데 나는 외롭게 혼자 가는구나 그런 마음을 표현한 건가요?

유은 그러니까 여기서 죽음에 대해서 쭉 나오는 건데 자기는 어쨌거나 도살장에서 양들을 잡을 때 이제 양들이든 돼지든 도축할 때 한꺼번에 같이 잡았는데 결국 자신은 죽을 때 결국 아까 얘기한 대로 혼자 가는구나하며 안타까워하는 장면에서 공감이 갔어요.

유은 이 사람이 죽음을 앞두고 굉장히 마음이 약해지잖아요. 자기는 도살할 때 양들을 한꺼번에 다 도살을 했는데 자기는 이제 보니까 죽을 상황인데 사실은 곁에 아무도 없는 거잖아요.
근데 가령 지구가 멸망해서 온 세상 사람들이 일시에 한꺼번에 죽는다고 하면 공포가 좀 줄어들까요?
죽음에 대한 거부는 죽음 자체에 대한 공포도 있지만 나는 죽는데 다른 사람들이 멀쩡히 살아있네 그런 안타까움 아쉬움도 있는 거거든요.
똑같이 지구가 지구 폭발로 다 죽는다 그러면 그래 어차피 나만 죽나 이런 심리가 있잖아요.

유은 정육점주인이 죽음에 이르게 되자 마음이 약해진 것 같아요. 하다못해 양들도 한꺼번에 죽게 되니 좀 서로간에 위안이 될 텐데 내가 죽을 때는 나 혼자 뿐이네하는 두려움과 외로움, 허무함이 있지 않았을까하고 저는 생각했어요.
근데 모르겠어요. 다른 해석이 있는 건지는.

소준 사람이 혼자 죽음을 맞이하는 것이 극도로 외롭지만 사람이기

에 자신의 시간을 정리하는 귀한 시간이 있어야 하는 건 아닐
까 하는 생각에 양의 죽음과 비교하는 것은 의문이 들더라고
요.

유은   정육점 주인이 보기에 양들은 오히려 행복한 존재다라는 것
      같아요. 세상의 모든 사람들이 한꺼번에 같이 죽어야 될 운명
      이라고 한다면 사실 죽음이 덜 두렵지않나요?
      가끔 지구가 멸망했으면 좋겠어 하는 이상한 사람들의 논리가
      이런 거 아닐까 생각을 합니다. 혼자 죽으면 불안하거나 억울
      한데 한꺼번에 모든 사람이 죽는다면 덜 겁이 난다는 생각같
      은 거지요. 합리적인 생각은 아니겠지만.

      "저 역시 아들이 죽음에 대한 이야기를 하면 가슴이
      먹먹해지거나 평소에 생각하지 않는 그런 두려운
      생각들이 들 때가 있어서 무의 섬뜩함이라는 표현이
      더 와닿았습니다."

유은   이 죽음이라는 현상에 대한 입장도 책에 나오는 작가와 정육
      점 주인의 입장이 다른 것 같아요. 우리와 마찬가지지만 당시
      젊은 나이었던 작가는 죽음을 의식하지 않고 살잖아요? 마치
      남의 일처럼. 하지만 정육점 주인은 당장 죽음이 내 등 뒤에 있

는 사람이니까 그런 죽음에 대해서 더 생각하고 있는 것 같아요.

작가가 아마 젊었을 때 정육점 주인을 만난 거니까 자기도 아직 죽음이라는 것이 가까이 죽음이 와닿지 않았다고 봐요.

정육점 주인은 죽음이 와닿고 그래서 거기서 자기 자신을 동정도 하게 되고 그런데 이 책의 작가는 그 죽음에 대해서 아직 와닿지도 않고 관심이 없어.

정육점 주인에게 죽음은 현실이고 그래서 혼자 죽게 되는군요 하면서... 어떻게 보면 참 안타까워요.

유은   그렇게 저는 봤어요. 정답인지 모르겠습니다.

그리고 죽게 된 원인에 대해 나름 분석하는 내용이 나오잖아요. "나는 내가 왜 병에 걸렸는지 알아요. 친구들하고 저녁 때 수다 떨기만 했으면 좋았을 텐데 그다음 날 아침에 와서 몰래 내가 좋아하는 술을 아침에 홀쩍하는 것 때문에 죽은 것 같다."고 얘기하거든요.

"건강에 해로웠던 것이 또 있어요. 아마 그것이 다른 것보다 더 나빴을 거예요. 갑자기 다른 사람이 나를 어떻게 생각하는지 신경이 예민해진 거예요."

죽음을 앞둔 사람은 자기 자신의 삶을 되돌아보는 시간이 있는 것 같아요.

그가 내린 결론은 무엇보다도 남을 너무 의식하면서 살았다는 거라고 판단을 해요. 그럴 필요가 없는데 그러니까 남의 시선에서 벗어나면서 살아가는 거 남이 내가 옷을 어떻게 입든 신경 쓰면서 우리가 살잖아요.

행운 제 생각에 이스터 섬 챕터가 잘 와닿지 않았던 이유가 사실 지금 하루하루 살기에도 할 일이 너무 많아서 죽음에 대해서 생각하기에는 그럴 여유도 없고 철학적으로 죽음을 생각할 마음의 여유가 생기지 않는 것 같아요.

한별 저는 이스터 섬을 읽으며 저희 아들과 저의 관계가 많이 생각나며 공감이 많이 되었는데요, 120쪽에 보시면 중간 즈음에 공통점이라고는 아무것도 없는 우리 사이에 대화가 가능 했던 것은 죽는다는 저 공통된 일상적 공포 때문이었다. 라는 부분이 있습니다. 그리고 그 이후로도 이 끔찍한 공포를 마음속에서 쫓아내기 위하여 연구에 뛰어들어 아무글이나 닥치는대로 읽었다는 부분, 이것은 앎에 대한 관심이라기 보다는 무의 섬뜩함이라는 표현이 저는 많이 와다았습니다.

이 부분을 저는 죽음, 사후 세계 이런 어두운 얘기를 계속하다보니까 아무래도 본인도 그런 공포감에 접어들어서 앎에 대한 무엇인가를 알려고 독서를 했다기보다는 아무 생각을 하지 않기 위해서 아무것도 하는 게 없을 때 죽음의 공포가 본능적으로 떠오르는 것을 방지하기 위해서 책을 많이 읽었고 바쁘게 생활하려고 노력했다 이렇게 받아드렸습니다. 우울한 영화를 보면 우울해지고, 우울하고 슬픈 얘기를 자주 들으면 우리도 같이 우울해지는 것과 같은 맥락으로 이해했어요. 그래서 나중에는 죽음 사후에 대한 질문을 듣거나 관련 얘기를 하지 않기 위해서 책을 읽어주기 시작했다고 저는 이해했습니다.

이 부분을 보면서 저희 아들이 많이 생각난 이유가 천성적으로 겁이 많고 예민한 저희 아이는 잠들기 전에 유독 죽음이나 사후 세계 얘기를 많이 합니다.

죽으면 사람은 어디로 가는지, 죽어서는 엄마랑 영원히 헤어지는 것인지, 만날 수 없는 것인지 등 이야기하면서 혼자 울기도 하고 그러면 저는 또 안아주고 아니야 엄마는 죽어서도 언제나 너의 곁에 있을 거라고 말해 주기도 합니다. 그래서 저는 이 부분이 저와 아들이 평소 하던 대화와 비슷해서 더 공감이 갔던 것 같습니다.

저 역시 아들이 죽음에 대한 이야기를 하면 가슴이 먹먹해지거나 평소에 생각하지 않는 그런 두려운 생각들이 들 때가 있어서 무의 섬뜩함이라는 표현이 더 와닿았습니다.

이부분을 보며 어린시절 누구나 하는 죽음으로 인한 헤어짐에 대한 고민 죽음에 가까워졌을 때 그 죽음의 공포에 대해서 한 번 더 생각할 수 있었고 특히 저희 아들의 마음도 조금 더 이해할 수 있는 부분이었던 것 같았습니다.

유은 죽음이라는 건 사실 우리 곁에 늘 존재하는 건데 잊고 살지요. 서양 명화 같은 거 보면 배경에 모래시계라든가 해골 같은 그림이 있잖아요.

해골을 그려놓은 것은 항상 죽음이 당신 곁에 있으니까 현재의 시간을 아껴 쓰고 오늘을 소중히 해라는 가르침을 주는 의미라고 했어요.

가장 중요한 것들, 당장 언제 죽을 지 모르는 시한부 판정을 받았다면 지금처럼 나태하게 살지는 않을 것 같아요.

그런 면에서 죽음을 받아들이는 태도면에서 젊은 그르니에와 정육점 주인과 갭이 생기는 거지요.

유은 많은 생각을 해봅니다. 우리 모두에게 죽음은 늘 가까이에 있죠. 정육점주인뿐만이 아니라. 다만 살면서 그것을 인식하느냐 그렇지 않느냐의 차이인 듯 싶네요. 정육점 주인은 죽음이 오늘, 내일 언제든 바로 죽음 곁에 있는 사람이고, 이 젊은 작가는 자기는 죽음하고 거리가 멀다고 생각하는 거지요. 그러니 그냥 좋은 말로, 그냥 빈말로 위로를 해주는 거지요. 나는 당장 죽을 사람이 아니라는 그런 인식의 차이가 보여요.

유은   121쪽 위에서 다섯 번째 줄 보면 "저 성벽처럼 쌓인 책들 속에
는 얼마나 대단한 매혹이 들어있었던가? 그것은 유티의 위협
에 대한 얼마나 굳건한 장벽이었던가? 하면서 이제 그러나 도
서관 밖을 나설 때면 머리가 아팠고 마음은 더욱 메말라가는
듯 느껴졌다."
여기 있는 사람들은 아마 다들 책을 좋아하는 사람일 것 같은
데 이런 말이 있잖아요?

"우울한 영화를 보면 우울해지고, 우울하고 슬픈
얘기를 자주 들으면 우리도 같이 우울해지는 것과 같은
맥락으로 이해했어요. 그래서 나중에는 사후에 대한
질문을 듣거나 관련 얘기를 하지 않기 위해서 책을
읽어주기 시작했다고 저는 이해했습니다."

유은   한 권의 책만 읽은 사람을 경계하라 이런 말이 있는데 한 권의
책만 읽은 사람이라는 것은 사고 자체가 꽉막힌 밀실의 공기
처럼 고루하고 답답한 사람을 말하는 것일 겁니다. 한 가지 사
상이나 가치를 절대적인 것으로 신봉하는 사람이라고 생각한
다면 이 책이라는 것도 그래요. 책이라는 것도 과거에 우리 우

리보다 먼저 살다 간 사람들의 어떤 생각, 그런 사상의 부스러기일 텐데 거기에만 과도하게 매달리다 보면 고집스러운 사람이 될 수도 있다는 거지요. 한 권의 책만 읽은 사람은 꼰대가 될 수도 있어요.

여유 유은님한테는 책을 읽는 것이 도움이 많이 되시는 것 같으세요? 인생의 문제를 해결하는데 있어서요.

유은 저는 책을 이렇게 옛날부터 꽤 좋아했던 것 같아요.

그런데 요즘 냉철히 생각해 보면 정말 책을 읽는 걸 좋아했을까? 책 수집을 좋아했을까하는 혼란도 오는 것 같아요.

좋아하는 책이 있으면 같은 책도 표지가 다르다는 이유로 새로 사는 경우도 많아요. 장그르니에의 『섬』책도 판본이 바뀌면 또 사오고 표지가 예쁘게 나오면 사곤 했지요.

제가 본격적으로 책을 읽은 거는 아마 2013년무렵부터, 그러니까 한 10년 된 것 같아요.

책을 읽으면 인생의 문제를 해결하는 데 도움이 되시냐했는데 결론적으로 많은 도움이 되었죠. 인문학 책을 읽으면서 사회의 현상이나 인생의 문제를 다양한 시각에서 바라보려고 하는 시도를 많이 해 보았어요. 이른바 복안적 시각을 갖게 된 것이지요.

〈내게 찾아온 섬의 말들〉

유은 기쁨	가장 달콤한 쾌락과 가장 생생한 기쁨을 맛보았던 시기라고 해서 가장 추억에 남거나 가장 감동적인 것은 아니다. 그 짧은 황홀과 정열의 순간들은 그것이 아무리 강렬한 것이라 할지라도-아니 바로 그 강렬함 때문에-인생 행로의 여기저기에 드문드문 찍힌 점들에 지나지 않는다. --- 중략 --- **내 마음속에 그리움을 자아내는 행복은 덧없는 순간들로 이루어진 것이 아니라 단순하고 항구적인 어떤 상태이다.**
유은 감사	나도 당신 같았어요. 그 때문에 나는 죽게 된 거예요. 나는 나만을 위해서 사는 줄 알았는데 사실은 남들을 위해서 살고 있었던 거예요.
감사 행운	나는 너무 젊어서 사람이 육체적으로 아주 약해지면 마음도 따라서 약해져서 별것 아닌 아픈 기억만으로 자살에 이를 수도 있다는 것을 이해하지 못했다. 그렇지만 그걸 내가 어찌 알 수 있겠는가?
유은 소준	저 성벽처럼 쌓인 책들 속에는 얼마나 대단한 매혹이 깃들어 있었던가! 그것은 일체의 위협에 대한 얼마나 굳건한 방벽이었던가! 그러나 도서관 밖을 나설 때면 머리가 아팠고 마음은 더욱 메말라 가는 듯 느껴졌다.
고양 감사 여유	우리가 삶에 그토록 집착하는 것은 우리의 몸이 마련해 주는 그 예기치 않은 놀라움 때문인지도 모른다. 병이 낫지 않을 거라고 절망하고 있었는데 우리는 문득 자리에서 일어서게 된다.
고양 기쁨	끝은 항상 똑같지만 거기에 이르는 우여곡절은 러시아 산맥의 비탈들만큼이나 다양하다.

고양	밤중에, 그가 말하던 그런 시각에 잠이 깨면 어떤 극중 인물이 극 전체를 요약하듯이 <눈물 이, 눈물이> 하고 말하는 소리가 귀에 들리는 것 같다.
유은	그때 나는 반항했고 거부했고 인정하지 않으려고 했다. 지금도 인 정하지는 않는다. 그러나 제발 공범은 되지 않았으면 싶다. 다시 말해서 나는 이제 곧 죽게 될 사람들을 정면으로 똑바로 볼 수 있 게 되고 싶다. 왜냐하면 나 역시 그렇게 될 사람들 중의 하나이니 까. 그러나 우리 는 모두가 다 동시에 죽는 것은 아닐 터이니 항상 이득을 보는 사람들이 있게 마련이다.
한별	내세를 믿는다는 것이 그리도 위안이 된다고들 하지만! 그러나 나 로서는 그 죽음이라는 맹 목적이고 숨막히는 사실에 대하여 고집 스러운 편견을 가지고 있었다. 나는 끊임없이 그쪽으로 관심을 돌 리면서 마치 끝없이...

6. 여섯 번째 섬: 상상의 인도

인도가 왠지 상상의 나라처럼 여겨 지는 것은
아마도 그 광대한 고장의 '영원'이 매일매일의 이 '덧없음' 속에서
물이 새듯이 새어나오고 있기 때문일지도 모른다.
인도에는 종교 이상의 어떤 걷잡을 수 없는 황량함이 있다.
『시간의 파도로 지은성』/ 김화영

유은   지금부터는 상상의 인도라는 챕터의 내용을 가지고 토론을 해
보도록 할게요.
행운 님이 먼저 소감을 이야기해 볼까요?

행운   저는 이 책을 읽는 내내 계속 잘 이해가 안되다가 상상의 인도
부터 머릿속에 쏙쏙 들어오더라고요.
앞부분 챕터는 많이 어려웠었는데 상상의 인도는 좀 다르더라
고요. 저는 사실 저 말고는 다른 사람들에게도 관심이 별로 없
고 다른 나라라든가 우리나라에도 별로 관심 없었는데 특히

인도에 대해서는 더더욱 별 관심은 없었습니다.

그런데 130쪽에 보면 간디가 자기 나라 인도에 대해서 말한 게 나와요.

"우리 민족은 기후 때문에 명상을 하게 되었다."

그런데 이 말로 위상학적 결정론을 긍정한 듯한 간디는 즉시 성급한 결론을 부정한다 했는데 그러니까 명상이라던가 그런 내적인 것에 이제 집중하는 나라가 인도잖아요.

그래서 그렇게 말을 해놓고 딱 걱정을 한 거죠.

이것이 그것만이 아닌데라고 걱정을 하고 그래서 그 아래에 인도가 기후라는 위상학적 결정론 때문에 만약에 명상이 발달했다면 같은 기후 조건에 있는 아프리카 사람들도 다 이런 식으로 발달을 해야 되는데 이것이 그렇게 단순하게 위상학적인 그런 것으로 모든 것을 결정 내릴 수 없다는 말을 한거죠.

이 훌륭하신 간디 님은 내가 이렇게 말했다고 해서 또 이렇게 또 단순한 사람들이 그렇게 쉽게 받아들이겠구나 생각하면서 덧붙인 말이 기후가 영혼을 만든 게 아니고 영혼이 기후를 이용할 뿐이다라고 설명하지요.

똑같은 상황이어도 어떻게 받아들이느냐에 따라 결과는 달라진다는 그런 이야기인 것 같은데 저도 항상 학생들에게 생활 지도할 때 그런 말을 많이 하거든요.

행운   저 아이가 먼저 때려서 제가 저 아이를 밀었다고 자신을 변호하며 분노하는 학생에게 제가 항상 하는 말이 똑같은 상황에 모두가 너처럼 행동하지는 않아라고 그렇게 말을 하는데 저도 이 글을 읽으면서 그럼 이제 영혼이 이 무언가에 의해 자기가 좌지우지되는 게 아니고 이제 내가 주인공이고 내가 힘이 있으면 그런 상황을 좀 이용해서 나를 발전시킬 수 있는 긍정적인 방향으로 나가는 게 맞는 것이 아닌가 하는 그런 생각들을 좀 했고요.

또 사람들이 약간 인도라는 나라를 우선 약간 좀 쉽게 설명하면 너무 인권과는 멀리 떨어져 있는 나라라는 생각을 하잖아요.

카스트 제도부터 너무 현실 세계하고는 동떨어져 있는 이제 그런 나라 인도와 정말 인도주의와 헬레니즘과 사람에 대한 존중 그런 것들이 다 발달되어 있는 그리스를 비교 하면서 인도는 136쪽에 보면은 인도는 우리들 눈에는 영원한 유년 같은 모습이다.

인간으로서는 어른다운 척도에 이르지 못한 것 같다라고 했지만 그럼에도 불구하고 거기서인도의 매력이 있는 거죠.

인도의 존재 이유와 인도가 그런 나라이기 때문에 그리스나 또 다른 발달된 나라에서 만들어지는 문화와 다른 독특한 문화가 만들어져 왔다는 거지요.

그렇게 저는 이해를 했거든요. 그런 식으로 뒷부분까지 읽다
보면 그리스 문화와 인도의 차이를 설명하고 인도 자체로서의
그 힘이 생기게 되었다는 것을 이해하게 됩니다.

유은 '상상의 인도'라는 제목을 왜 붙였을까하는 문제는 맨 처음 문
장에 잘 나와 있는 것 같아요.

인도라는 말을 사실 신비감과 더불어 부정적인 이미지가 굉장
히 묻어있는 말인 거 같아요. 물론 편견이 많이 섞여있는 생각
이지요.

아무튼 이미지가 그렇게 깔끔한 나라는 아닌데 그럼에도 불구
하고 인도라고 하는 나라는 묘한 매력이 있는 것 같아요. 우리
가 알지 못하는 게 있으니까 그걸 찾아서 지금도 여행을 하는
사람들로 북적거리는 거잖아요.

그러니까 지금 우리의 시각으로 보면 좀 전에 얘기한 것처럼
지저분하고 치안도 그렇고 뭐 볼 것도 별로 없는데라고 생각
하지만 중요한 거는 여기 나와 있는 맨 첫 문장에 나와 있어요.
인도를 유럽인의 눈으로 볼 거냐 인도인 볼 거냐 이게 아니라
그럼 어떻게 봐야 되느냐 문제를 제시했는데 작가는 인도를
상상의 나라라고 생각할 때, 즉 동화 속에 나오는 나라라고 간
주한다면 이해가 되겠다 생각했어요.

유은   근사하지 않나요? 상상의 나라 인도라니. 그러니까 우리가 일
       본이라고 하는 나라를 볼 때도 숱하게 일본에게 침략을 당했
       던 한국인의 시각으로 보면 일본이라는 나라를 제대로 볼 수
       가 없을 것 같아요.
       항상 거기에는 뭐가 끼죠. 우리가 일본을 볼 때는 어떤 시각으
       로 바라봐야 되느냐 한국인의 시각은 아닐 것 같고 중국인의
       시각도 아닐 것 같고 그렇죠. 오히려 제3자인 유럽이나 일본의
       침략을 받지 않은 나라의 시각으로 본다면 일본을 제대로 볼
       수 있겠다라는 생각이 가능할 것 같아요. 그런데 카잔차키스
       가 쓴 일본, 중국 기행이란 책을 보면 일본을 신비의 나라라고
       기술하는 장면을 보는데 한국인이라서 그런지 저 역시 공감하
       기 힘들었어요.

유은   그러니까 어떤 시각을 견지하고 처음 보는 사물이나 대상들을
       볼 것이냐가 중요한데 여기서는 상상의 나라로 한번 감지해
       보자 이런 뜻인 거예요.
       인도라는 나라로 앵글을 설정하면 그 나라의 모든 문화라든가
       사람들의 생활이 이해될 것 같아요.

행운   그런 것 같네요. 왜 저는 왜 상상의 인도인가 했더니 교장선생
       님 말씀이 맞는 것 같아요.

유은 　그래서 이제 그래서 129쪽에 보면 고비노라고 하는 사람이 인종이라고 하는 개념은 이제 옛날에는 인종이라는 개념이 없을 때는 우리가 사람을 보면 그랬을 것 같아요.

그냥 뭐 까만 사람 뭐 이런 사람 정도로 봤겠지만 인종이라고 하는 개념이 나오니까 개인 인종이라고 하는 잣대도 또 흑인이라고 하는 또 황인종이라고 하는 그리고 백인종 황인종 흑인종이라는 것은 인종이라는 개념이 만들어지면서 열등과 우수함이라는 개념이 들어가 있잖아요.

그렇죠. 그러니까 이런 것들이 어떤 세상이나 어떤 사물을 바라볼 때 이런 것들이 만들어지면서 우리 지난번에 개념 기반 학습할 때 그 렌즈인가요?

빨강 색안경을 쓰면 온통 세상이 붉게 보일 수밖에 없는 것처럼 그걸로 바라보면 그걸로 쳐다볼 수밖에 없는 것처럼 우리가 이런 것들이 나오면 사실은 자꾸 이런 잣대로 세상을 바라보게 되는 것 같아요.

"근사하지 않나요? 상상의 나라 인도라니. 그러니까
우리가 일본이라고 하는 나라를 볼 때도 숱하게
일본에게 침략을 당했던 한국인의 시각으로 보면
일본이라는 나라를 제대로 볼 수가 없을 것 같아요."

유은   MBTI라고 하는 그 잣대를 들이자면 역시 그냥 그냥 이 사람은
      철수인데 MBTI를 바라보면 철수로 보이는 게 아니라 MBTI 16
      개 특성을 가진 한 사람으로 보인단 말이죠.

      그래서 서양이나 미국인의 잣대로 보면 아프리카는 항상 열등
      하고 사람 사는 곳이 못 된다는 인식을 하게 되지요. 너희는 열
      등하니까 우리 고등의 문명을 가진 사람의 지배를 받아야 돼
      이런 식이었던 거지요.
      137쪽 예술에 대해서 나오는 부분도 인상적입니다.
      "무케르지는 말한다. 우리 예술은 본질적으로 상징적이다. 이
      것은 예술을 추하게 보이도록 하기 위한 고의적인 노력을 드
      러내 보인다."
      예술은 아름답게 보이도록 노력하는 거란 인식이 주인데 왜
      추하게 보이도록 하게 한 거지 그런 생각을 했는데 인도에 가
      면은 상징에 의해서 모양이 일그러지는 아름다움을 만나게 된
      다는 말도 좀 어렵더라고요.

유은   그러니까 우리가 아름다움은 항상 고귀하고 예쁜 여자라든가
      균형이 맞는 어떤 조형 이런 것들을 떠올리는데 사실은 인도
      에 가면 우리가 가지고 있는 그런 어떤 아름다움에 대한 인식
      을 깨게 만든다는 거죠.

어떻게 보면 굉장히 일그러져 있고 그런데 거기서 어떤 아름다움을 만나게 된다는 그런 얘기 같고요.

그런데 또 아름다움이란 너무나 빈약한 음식이어서 그것만 먹고 살 수는 없다.

우리가 아름다움을 추구하는 존재이기는 한데 정말 아름 아름다움이 먹여 살리지는 않는 것 같다는 얘기예요.

그러니까 우리가 결국은 먹고 살기 위해서는 밥도 먹어야 되고 고기도 먹어야 되고 고구마도 먹어야 돼요.

그런데 감자나 고구마가 정말 우리가 아름답다고 하는 꽃이라든가 이런 거에 비하면 아름다운가 그렇지 않거든요.

꽃은 아름답지만 그거 가지고 우리가 살아갈 수는 없어요.

아름다움이 있기 때문에 굉장히 아름답다. 우리 정신을 기분 좋게 하고 하긴 하지만 그 자체가 빈약하다.

유은   너무나 빈약한 음식이어서 그거 가지고 살 수는 없다.

그러니까 꽃이라든가 우리가 흔히 말하는 아름다움이라고 하는 것도 사실은 보면 아름답긴 한데 그 자체로만 살아갈 수는 없고 결국은 사람은 밥을 먹어야 되는 존재고 지저분한 것도 만지면서 살아야 되는 거죠.

유은   141쪽에 보면 두 번째 줄에 보면 파스칼은 오직 아브라함과 이

삭과 야곱의 신만을 알고 찬미했을 뿐 철학자들의 신은 알려
고 하지 않는다.

결국은 아브라함과 이삭과 야곱의 신이면 여호와일 거고 아니
면 좀 더 유럽이니까 우리가 말하는 하나님이겠죠.

하나님에 대한 그런 것들만 참여했을 뿐 철학자들의 신 그래
서 여기서 철학자들은 뭘까 생각해 봤더니 브라만이라고 하는
인도는 굉장히 많은 신들을 섬기는 다신교의 사회더라고요.

그래서 그 철학자들의 신을 극한까지 밀고 나가면 인도의 신
을 만나게 될 것이다 이런 말을 한 거 같아요.

"이해가 가는 게 인도를 좋아하고 인도로 여행 가는
사람들의 특징은 이런 인도의 독특한 정신을
경험하고 싶어서인 것 같아요."

유은 서양인의 관점에서 바라보면 그리스신화에 등장하는 다양한
인도의 신들이 인정이 안 되고 이해하기 좀 어려웠을 것 같아
요. 아까 얘기한 대로 인도라고 하는 나라를 걸리버 여행기라
는 그런 상상 나라로 생각하면 그들이 섬기는 어떤 신앙 이런
것들이 이해가 되지 않겠는가 그래서 여기서는 우리가 이제
다문화 이런 것도 얘기 나오지만 사실은 우리가 항상 교육을

받으면 받을수록 어떤 하나의 시각을 갖기가 굉장히 쉬워요. 그러니까 민족이라든지 이런 것들만 계속 공부를 하니까 그런 데 좀 책을 읽는다는 것은 그런 기존의 어떤 우리가 가치관이나 이런 것들을 좀 탈피해서 새로운 시각을 갖는 거 그런 것들이 중요한 것 같고 그래서 다양한 책을 읽는 것이 좀 좋겠다라는 생각을 저는 했습니다.

유은 또 재미난 부분이 있어요. 우리나라와 달리 인도라는 나라를 다른 나라가 침략해서 통치할 때 다른 반응을 보이는 점도 이상했어요.

우리나라사람들은 목숨 걸고 저항하고 독립운동을 하고 했었는데 인도인들은 아니 누가 와서 통치하면 어때? 나라를 통치하는 것이 엄청 힘든 일인데 그 일을 대신 해준다니 고맙지 뭐 하는 시각 말이죠. 통치하는 사람이 영국인이면 어떻고 페르시아면 어때하는 시각이죠. 이슬람 문화의 영향도 굉장히 많이 받았거든요.

유은 그러니까 집안 살림은 누군가 하긴 해야 될 거 아니야 그 사람들 해주면 고맙지 그 힘든 일을 해주겠다는데. 이런 생각을 가지고 있는 인도인이니까 침략해봐야 얼마 안 있으면 힌두교라고 하는 거대한 종교의 용광로로 녹아내리는 것이겠죠? 불교

도 마찬가지지만 이슬람도 마찬가지고 다 거기에 그냥 녹아내
린다고 했죠.

중국도 마찬가지잖아요. 중국이라는 나라를 침략했던 이민족
들이 결국은 다 중국에 다 녹아내린 것처럼 이런 나라가 또 인
도다.

참 우리의 시각과는 좀 다른 나라 그래서 참 재미있게 전 읽었
습니다.

행운   정말 그러네요. 저도 142쪽 143쪽에 교장 선생님 말씀 듣고 나
니 이해가 더 잘 되네요.

142쪽 중간 부분 불화하는 정치 같은 건 단 한 시간의 노력의
가치도 없다.

그리고 그것은 아예 나쁜 일일 것이다. 오히려 정신은 인간의
유일한 목표인 정신적 문화로부터 딴 데 정신을 팔게 만드는
것이기 때문이다.

그래서 인도 사람들이 여기 143쪽에 보면 어떤 지배 민족이 들
어와도 시간이 경과하고 나면 인도인들 브라만 문명에 지배당
한다는 거예요.

이렇게 그래서 어쨌든 인도는 그 어떤 애국도 부르짖어 본 적
이 없고 어떤 정복도 꿈꿔본 적이 없는데 오히려 정복하려는
외부인들이 인도에 와서 생활하면서 인도의 생각들에 지배가

되는 거겠죠.

그래서 부와 명예와 이런 물질적인 것들을 중요하게 생각하는 사람들도 인도에 와서 인도인들이 추구하는 것을 보면 결국 유일한 목표인 정신적 문화를 추구하게 된다는 것인가 보네요.

유은 그러니까 참 이거 보면 재미가 있어요.

행운 이해가 가는 게 인도를 좋아하고 인도로 여행 가는 사람들의 특징은 이런 인도의 독특한 정신을 경험하고 싶어서 인 것 같아요. 그러니까 우리의 일상 그리고 경쟁 사회와 물질적 풍요를 누리기 위한 무한 경쟁 이런 것이 도대체 무엇이 중요한가 오히려 하찮다는 생각들을 가지고 인도를 여행하러 가고 이제 인도 문화에서 다시 정신적인 힘을 얻고 그런 것 같습니다.

유은 그럴 것 같네요. 그 사람 좀 독특한 사람일 수도 있는데 그렇지 않은 사람들도 가겠죠.

인도 갔다 온 사람 혹시 있나요?

오롯 여동생이 20대 때 한달 살기로 갔었던 경험이 있습니다.

유은 어떻다고 그러던가요? 인도 다녀온 느낌이.

오롯 동생이 요가를 하는데 인도가 명상이나 요가 이런 것들이 유명하니까 그런 공부를 하러 갔었어요. 워낙 인도란 곳이 치안이 안 좋다는 말이 많아서 걱정이 많이 됐었는데 정작 여행을 떠난 본인은 자유로운 영혼으로 모르는 사람한테 스쿠터도 태워달라고 해서 타고 재밌었다고 해요. 한국에서는 남들 시선 신경 쓰느라 외모나 옷이나 굉장히 갖춰입는 스타일인데 그곳에서는 머리도 그냥 곱슬머리, 얼굴이 까맣게 타도 타나보다, 옷도 그냥 요가복만 입고 다니면서 즐거웠던 여행으로 꼽더라고요.

유은 그랬군요.

여유 그런데 여행객들이 배낭 여행의 끝판 왕을 인도를 꼽더라고요. 여행을 하고 나면 '다시 꼭 가고 싶다.' 또는 '절대 안 가고 싶다.'처럼 호불호가 극명하더라고요. 그만큼 매력적인 나라임에는 틀림없는 것 같습니다.

유은 그럴 것 같아 유럽 유럽 멋있는 정말 성당 건축물 이런 거 보려면 정말 유럽 가야 되는데 그것도 가다 보면 또 질리잖아요. 나중에 보면 어느 유럽의 나라를 가든, 스페인을 가든 여기나 거기나 다 비슷하고 이러니까 나중에 가면 이제 정말 다른 거

보고 싶은데 여기 인도는 정신적인 경험을 느낄 수 있잖아요. 그래서 그런 것 같아요.

행운 144쪽에 보면 인도는 비록 정복을 당할지라도 일체의 영향으로부터 항상 벗어났다 그러니까 인도를 정복할 수는 없는 것 같아요.

그래서 인도는 오직 한 가지 야심만 가지고 있으며 오히려 인도가 전 세계를 왕따시키는 상황이 되는 것 같아요. 인도 입장에서 인도는 다른 나라에게 너희들이 우리를 정복하고 너희들의 문화가 이렇게 오더라도 우리는 굉장히 강한 정신세계를 가지고 있어서 기껏해야 바람에 쓸리는 파리들의 날갯짓 정도로밖에는 보이지 않는다. 그래서 인간의 삶 따위는 우습게 여기며 요지부동이라고 표현한 것 같아요. 그래서 이런 정신세계와 인도의 생각들에 공감하는 많은 다른 나라의 사람들이 인도에서 많이 치유를 받고 힘을 얻고 리프레쉬된다는 생각이 드네요.

유은 인도 사람들은 내가 보기에는 일상적이고 세속적인 어떤 욕망보다는 정신적인 삶을 추구하며 살고 있는 것 같습니다. 그들은 우리의 삶에는 이렇게 물질중심의 세계와는 다른 정신적 이상을 추구하는 삶이 있구나 하는 것을 알려주고 있어요. 우리가 살고 있는 삶과는 다른 삶이죠.

행운 그래서 144쪽 두 번째 줄부터 보시면 자기 존재의 확장이 아니라 심화를 통해서만 타에 도달하고자 하는 인도 사람들은 그러니까 존재의 확장이 아니고 자기 안으로 힘을 키우는 것 같아요. 우리들은 여러 사람들을 만나면서 자신을 확장시키고 경험을 넓히고 그렇게 삶을 살아가며 자신의 생각을 넓히는 데에만 관심이 있는데 인도 사람들은 그런 게 아니고 자기 자신 내면의 것들을 보며 안으로 깊이가 있어지는 것이죠.
이것이 인도라는 나라 자체가 여기서 말하는 상상의 인도에서 말하고자 하는 것이 아무리 정복하려고 해도 결국은 누가 나의 정신은 정복할 수 없다 이런 것처럼 정복되지 않는 나라. 이렇게 생각하고 보니 인도는 참 멋있는 나라네요.
별로 가고 싶지는 않지만 굉장히 강한 제일 강한 나라라는 생각이 듭니다.

유은 보통의 사람들이 그 원심력을 키워서 자꾸 밖으로 나가려고 하거든요. 땅을 나라로 말하면 땅을 넓혀야 되고 개인으로 보면 돈을 더 많이 벌려고 그리고 집을 큰 걸로 확장하려고 그런 원심력을 키우는데 여기 나오는 인도 사람들 거꾸로 구심력을 키우는 거예요.

그러네요. 밖에 있는 걸 안으로 내밀어서 내 안을 단단하게 내면을 다지고 내 정신을 키우고 이런 쪽의 구심력을 키우는 사람이 주도 사람이라면 보통의 사람들은 원심력을 키우는 사람이 그러니까 그런 차이가 있어요.

그러니까 그런 걸 보고 싶으니까 이제 인도로 가는 사람은 그걸 발견했을 때 너무 기쁜 거죠.

밖에서 안 보였던 걸 보는 거니까 밖에서 늘 보던 거는 늘 보는 거잖아요.

우리가 사는 삶 그러니까 그런 면에서 인도는 특이한 케이스이고 상상의 인도라고 해야 파악이 가능한 것 같습니다.

〈내게 찾아온 섬의 말들〉

유은	중요한 것은 우주를 한 바퀴 도는 것이 아니라 우주의 중심을 한 바퀴 도는 것이다.
여유 행운	자신의 카스트 속에 폐쇄되어 있고 자기 존재의 확장이 아니라 심화를 통해서만 타(他)에 도달하고자 하는 인도 사람들에게는 그 양자가 상호 이해가 가능할 수 없는 것으로 보인다.
기쁨 감사	인도는 비록 정복당할 지라고 일체의 영향으로부터 항상 벗어났다. 인도는 오직 한가지뿐인 야심을 가지고 있다. 그것을 자신을 세계로부터 소외시킨다는 야심이다.
오롯 고양	인도는 기껏해야 바람에 쓸리는 파리 새끼들의 날갯짓 정도로밖에 보이지 않는 인간적 삶 따위는 우습게 여기며 요지부동이다.
행운	기후가 영혼을 만든다고 말할 일은 아니다 영혼이 기후를 이용할 뿐이다.
한별 소준	인간의 가장 훌륭한 몫은 바로 인간을 자기 자신으로부터 벗어나게 만드는 그것이니까...폭력에 의하여, 힘에 의하여, 계책에 의하여 터무니없는 제도에 의하여, 견딜 수 없는 속박에 의하여 인간으로부터 그의 신성이 분출하도록 하는 것이다.
행운	미슐레, 르낭, 텐이 계절의 변화나 강우량이나 유전 등을 통하여 프랑스 역사와 예수의 생 애와 영국 문학을 설명한 이래, 고비노가 인종이라는 개념을 창안하고 바레스가 그것을 이용한 이래, 이제는 역사와 지리에 의존하지 않고서는 그 무엇이든 설명을 하기가 어려워져 버렸다.

소준	파스칼은 오직 아브라함과 이삭과 야곱의 신만을 알고 찬미하고자 했을 뿐 <철학자들의 신> 은 알고자 하지 않았다. 그 철학자들의 신을 극한에까지 밀고 나가보라. 그러면 인도의 신을 얻게 될 것이다.
유은	플로티누스는 두 가지의 죽음을 구분한다. 그 하나는 자연적인 죽음이요. 다른 하나는 자연 적인 죽음에 앞서 올 수 있는 철학적 죽음이다.

섬이 내게로 왔다

제목	저자	옮긴이	날짜: 24. 9. 12.	GC카드
섬	장 그르니에	김화영	페이지: 6	〈유은〉

"간직하고 싶은 문장 Copy"

이 겉으로 보이는 세상의 모습은 아름답지만 그것은 허물어지기 마련이니 그 아름다움을 절망적으로 사랑하지 않으면 안 된다는 사실을 그 모방 불가능한 언어로 말해 줄 필요가 있었다.

"책 내용 Contents"

이 부분은 결국 제자인 까미의 스승 그르니에 대한 지극한 찬사와 경탄을 엿볼 수 있다.

이 책이 앙드레 지드의 지상의 양식과 견줄 수 있는 우수한 작품이라 극찬하면서도, 지드의 글이 손만 뻗으면 닿는 곳에 빗속에 열려 있는 지상의 열매들을 깨물기만 하면 되는 정도의 감동을 제공했다면, 그르니에는 보이지 않는 미래의 허물어지게 될 세계를 개시하고 예언한다는 의미에서 스승의 작품에 대한 존경을 제시하고 있다.

"획득 Gain"(정보, 지식, 지혜, 카타르시스, 위로, 힐링, 정신적 즐거움 등)

금강경의 사구계를 연상케 하는 문구이다. 세상에 존재하는 모든 것은 꿈과 같고 도깨비 같으며, 물거품 같고, 그림자와 같으며, 있을 것 같고, 번개와 같으니 그런 줄로 생각하라.

우리는 행복하기 위해 오늘의 고통을 견디고 고난을 저축하며 살아가기도 하고, 순간의 기쁨을, 기쁨과 쾌락을 위해 까르페디엠을 난발하기도 한다.

그는 영원한 흥취와 동시에 덧없음을 우리에게 상기시켜 주었다.

"변화 Change"(행동 또는 생각의 변화)

농밀한 삶, 언제나 현재의 행복이 변함없이 영원히 이루어지리라는 근거 없는 자신감, 이런 것들을 다시 한번 생각하게 하는 기회가 되었다.

섬이 내게로 왔다

제목	저자	옮긴이	날짜: 24. 7. 17.	GC카드
섬	장 그르니에	김화영	페이지: 101	〈여유〉

"간직하고 싶은 문장 Copy"

내 마음속에 그리움을 자아내는 행복은 덧없는 순간들로 이루어진 것이 아니라 단순하며 항구적인 어떤 상태다. 그 상태는 그 자체로서는 강렬한 것이 전혀 없지만 시간이 갈수록 매력이 점점 더 켜져서 마침내 그 속에서 극도의 희열을 느낄 수 있게 되는 그런 상태인 것이다.

"책 내용 Contents"

"당신의 가장 행복했던 순간은 언제인가요?" 누구나 한 번쯤 생각해 본 적 있을 것이다. 원하는 대학의 합격 소식을 들었을 때, 사랑하는 이가 고백을 받아주었을 때, 첫아이가 태어났을 때 등 섬광 같은 순간을 떠올릴지 모르겠다.

나 역시 그랬다. 평소보다 더욱 강렬하고 달콤한 쾌락과 기쁨의 감정을 찾았다. 하지만 지금 나에게 똑같은 질문은 누군가 한다면, 나는 주저 없이 가족들과 함께하는 저녁 식사 시간이라 대답하겠다. 사랑하는 이와 맛있는 음식을 먹으며 하루의 일상을 나누는 시간은 그 어떤 것과도 바꿀 수 없는 최고의 행복이다.

그렇기에 책 속의 글귀가 더 와닿았다. 예전에는 무심코 지나쳤던 순간의 행복을 지금은 느낄 수 있어 참으로 감사한 요즘이다. 내 딸들이 건강하고 즐겁게 학교를 다니고, 나 역시 커다란 문제 없이 직장 생활을 할 수 있음에 감사하다. 매일매일 무탈하고 평온하게 마무리할 수 있는 요즘이 너무 행복하다.

커다란 부를 가져본 적이 없어 알 수 없지만, 지금의 나에겐 소소하고 무탈한 순간의 행복이 더욱 크게 느껴진다.(물론 큰 부를 가지면 말이 달라질지 모르겠다. ㅎㅎ)

"획득 Gain"(정보, 지식, 지혜, 카타르시스, 위로, 힐링, 정신적 즐거움 등)

나는 이를 깨닫는데 긴(?) 시간이 걸렸기에 내가 마주하는 아이들은 조금 더 빨리 깨달았으면 하는 바람이다. 무슨 직업을 선택하고 얼마의 연봉을 받느냐가 아닌 내 **일상 속**에서 느낄 수 있는 단순하고 항구적인 행복을 찾고 느낄 수 있는 능력 말이다.

단언컨대 이는 연습을 통해 길러질 수 있다고 나는 믿는다. 어릴 적부터 작은 일에도 감사함을 표현하는 부모를 보며 자란 아이는 자연스레 배운다.

"변화 Change"(행동 또는 생각의 변화)

작은 일에도 감사하는 아이는 긍정적인 자세로 삶을 바라보며, 이는 높은 자존감을 지니도록 도와준다.

높은 자존감을 지닌 아이는 실패의 좌절감보다 발전이라는 긍정의 부분을 바라보며 재도전한다.

실패보다 성취와 발전이라는 행복감을 찾을 수 있는 아이라면 그 누구보다 성공한 삶을 살 수 있으리라 나는 믿어 의심치 않는다.

그래서 우리 반 교실에서는 감사와 긍정의 단어를 자주 사용하려 노력한다.

단순히 말보다 내가 먼저 실천하려 한다. 물론 아직도 부족하기에 어려운 것이 사실이다.

하지만 가장 좋은 교육은 실천이라 믿기에 좋은 어른으로서 본보기가 되어주고픈 바람이다.

내가 매년 만나는 아이들만이라도 행복을 찾을 수 있는 능력이 조금이라도 향상된다면 우리 사회가 더욱 따뜻하고 살기 좋은 곳이 되지 않을까 기대해 본다.

IV부

겨울의 여정

7. 일곱 번째 섬: 사라져버린 날들

너 자신으로 살아야 하는 저주를 받았다면, 무엇 때문에

다른 사람처럼 살려고 하는가?

너 자신을 망각해버렸으므로

너의 솔직한 기쁨까지도 위선일 수밖에 없다면,

그러면 너는 무엇 때문에 웃는가?

『불안의 서』 / 페르난두 페소아

유은   그러면 이제부터는 사라져버린 날들을 중심으로 이야기를 나
누어 볼까요?

감사   166쪽 상단에 '최고의 사치란 무상으로 주어진 삶을 얻어서 그
것을 준 이 못지않게 인심 좋게 사용하는 일이며 무한한 값을 지
닌 것을 쪼잔한 이해관계의 대상으로 변질시키지 않는 일이다'
말로 표현할 수는 없지만 이 문장 자체에서 제가 사는 인생을
쪼잔하지 않게 좀 잘 살아야겠다 뭐 이런 느낌을 받았습니다.

행운 그렇죠. 태어난 거 그냥 아무 것도 없이 그냥 딱 태어난 삶 자체가 공짜로 얻은 것이라고 표현하고 있는 것 같아요. 무상으로 주어진 삶 그렇죠 감사해야 되고 태어나서 숨 쉬고 살고 있는 이 삶에 감사해야 해요. 결국 아무것도 남는 게 없다 그러니까 빈손으로 와서 빈손으로 가는 인생인데 이렇게 일평생 살아볼 수 있는 것만으로도 최고의 가치라는 그런 말인 것 같아요.

166쪽에 지난번에 저는 못 찾았었는데 감사님이 최고의 사치란 무상으로 주어진 삶을 얻어서 그것에 그것을 준 이 못지않게 인심 좋게 사용하는 일이며 무한한 값을 지닌 것을 쪼잔한 이해관계 대상으로 변질시키지 않는 일이라고 했으니까 태어나서 그냥 기쁨을 누리고 열심히 살다가 가는 것만으로도 이득이라는 것 같습니다.

기쁨 저도 최고의 사치에 동그라미도 쳐놓고 했는데 그 다음 단락에 보면 "그 생각은 지중해 햇빛을 받아 녹아내렸다." 하는 부분을 보며 이 생각이 지중해의 햇빛을 받아 녹아내리면서 장 그르니에가 쓴 『지중해 영감』으로 연결되는가 보다라는 생각이 들었습니다.

또, 제가 이번 독서 토론 모임 전에 어떤 미해결 일이 있어 그것이 자꾸 생각나서 이번 독서 토론에 집중이 잘 안되었는데 아까 유은님이 고양이 물루 이야기 하실 때 제가 밑줄 긋고 적어 놓은 그 챕터의 마지막 부분, 75쪽에 눈이 갔던 거예요. "그 다음 날 출발 예정이었는데 이사 준비가 아직도 채 끝나지 않은 상태로 남아 있었던 것이다." 그 옆에 '못 챙기는 상태! 동감! 공감! 시작할 수 없음!'이라고 적어 놓은 메모 옆에 추가를 하였습니다. 그동안은 고양이 물루에서 나누고 싶은 부분이 특별히 없었는데 메모 옆에 이렇게 추가를 한 거예요. '집중할 수 없는 이 상황을 이렇게 이사준비로 표현 할 수 있는 것!'.

그러니까 그다음 날 출항 예정이었는데 이사 준비가 아직 끝나지 않은 상태로 남아 있었던 것이다. 못 챙기는 상태, 동감, 공감, 시작할 수 없음 이랬는데 이거 뭔가 이거 이렇게 하면서 제 생각을 정리할 수 없었던 거예요. 그런데 '맞아! 고양이가 죽어서 이렇게 여러 가지 마음이었지만 이런 마음 상태를 어떻게 이렇게 이사하는 상황에 비유할 수 있지! 나도 여전히, 나는 아무리 이래도, 내 마음은 지금 이래서, 여기에 공감할 수 없는 걸!' 하는 내 마음을 "이사 준비가 아직도 채 끝나지 않은 상태로 남아 있던 것이다."라는 표현이 위로해 주는 것 같았습니다. 저는 계속 이렇게 그 표현에 집중하는 거예요. 우리의 생각들을 이렇게 표현할 수 있다는 거. 우리의 생각을 우리의 일상생활의 모습을 가져와서 이렇게 표현할 수 있었구나. 그래서 나도 이렇게 표현해 보고 싶다.

저의 이런 모습이 141쪽에 "파스칼은 오직 아브라함과 이삭과 야곱의 신만을 알고 찬미하고자 했을 뿐 '철학자들의 신'은 알려 하지 않는다." 라는 부분에 접목되면서 독서토론을 하려면 내용적인 부분에도 집중해야 되는데 나는 계속 이렇게 형식적인 부분만을 찾아보고 있는 제 모습을 발견했습니다.

유은   그것도 하나의 방식이에요.

"무상으로 주어진 삶 그렇죠 감사해야 되고
태어나서 숨쉬고 살고 있는 이 삶에 감사해야 해요.
결국 아무것도 남는 게 없다 그러니까 빈손으로 와서
빈손으로 가는 인생인데 이렇게 일평생 살아볼 수 있는
것만으로도 최고의 가치라는 그런 말인 것 같아요."

유은   굉장히 좋은 관점으로 말씀을 해 주신 것 같아요. 우리가 사치라고 말하면 굉장히 좀 부정적이죠.

유은   사치스러운 요소가 그러면 굉장히 부정적인 건 사치 속에서 살면 안 된다 이렇게 하는데 여기서 사치라는 것은 그러니까 우리가 최고의 사치라고 하면 일반적으로 돈으로 비싼 물건을 막 사는 것을 사치라고 생각하는데 여기 나오는 표현을 보면 최고의 사치라는 것은 무상으로 주어진 삶 부모님이 준 것일 수도 있고, 교회를 다니는 삶은 하나님이 준 삶이라고 할 수 있는데 그 무상으로 내 주어진 삶을 가지고 인심 좋게 사용하는 거. 그러니까 사치라는 게 물건을 많이 사서 쓰는 게 아니라 정말 좋은 일, 내가 해 보고 싶은 일을 마음껏 세상의 이웃들에게 베푸는 것을 말하는 것 같아요.

돈을 가져다 세상에 뿌리는 게 아니라 내 선한 마음을 세상에 뿌리고 다른 사람을 도와주고 이렇게 인심 좋게 사용하고, 보람 있게 쓰는 것 이것이 굉장히 올바른 삶이겠구나 이럴 때 사치란 굉장히 좋은 사치겠죠.
그런 생각이 좀 들었어요.

감사   1934년 2월 6일 프랑스에서 시위가 있었던 날이자 작가의 생일인 의미 있는 날이라서 자기 삶에 대해서 다시 한 번 생각해 보기 위해서 넣은 챕터가 아닌가 합니다. 이 챕터만 제목이나 내용에 섬에 대한 언급이 없는 것 같아서요.

유은   제목이 그렇죠. 사라져버린 날들.
사라져버린 날들 제목에 대해서 한번 생각해 보셨나요?
제목이 왜 사라져버린 날들인지.

행운   그런데 정말 왜 제목이 사라져 버린 날들인 거죠?

그리고 166쪽 참조에 혜능의 조사 어록인 동시에 자서전적인 기록인 六祖壇經이 가르치는 無念, 無作, 眞空, 妙有의 세계를 공유하는 암시들로 가득 차 있다라고 나와 있는 부분도 궁금합니다.

유은   바캉스를 가졌다고 하는데, 바캉스라는 말은 말 그대로 우리가 바캉스 놀러 가도 사실은 어떤 류의 활동을 하거나 어떤 일을 채우는 일인데 사실은 원래 뜻은 베이컨트 즉 빔이지요. 그러니까 우리 방학(放學)하고 똑같다는 생각을 저는 해봤어요. 방학이 사실은 놓을 방, 배울 학자에서 공부에 쭉 매달려서 정말 1년 내내 공부에 찌든 채 생활하다가 방학이 되면 그 배움이라는 거를 탁 놔버리고 정말 내가 하고 싶은 거 이런 것들을 하는 게 방학이라는 의미 아니겠어요? 그런 放자처럼 정말 이 베이컨트, 바캉스라고 하는 것도 원래 뜻은 엄청나게 밀어놨던 일들이나 안 해본 걸 하며 즐겁게 휴가를 즐길 때 쓰는 말로 사용하고 있지만 원래 여기 나오는 것처럼 의미는 '비어 있는, 텅 빈'에 방점을 찍어야 하는 그런 날이겠지요.

행운   164쪽에 보면 나는 진공을 만들려고 했고 시간을 중단시키려고 했다. 그리고 165쪽에도 나는 오히려 무를 열망하고 있었다

라는 부분 역시 그저 나 자신을 잊어버리게 하고 싶었다는 뜻
으로 이해되는 데 그런 모든 것들이 사라져버린 날들을 설명
하고 있는 것 같습니다.

유은   맞아요. 그러니까 우리도 살면서 1년 중 365일을 다 그렇게 살
수는 없지만 하루 정도는 우리가 이런 무(無)에 사라져버린 날
처럼 무(無)의 날로 정해 바캉스의 날로 삼았으면 좋겠어요.
놀러 가는 바캉스가 아니라 내 자리를 오롯이 비워놓고 명상
도 하고 내 존재를 생각해 보고 삶의 의미를 되새기는 그런 '빔'
의 시간을 갖는 것도 의미 있겠다 싶어요.
이 장을 읽으면서 그런 생각이 들고 아마 제목이 그런 거와 관
련된 거 아닌가 싶네요.
사라져버린 날이라는 게.

유은   답이 있는 게 아니라 누가 답을 알려주는 것도 아니고 우리끼
리 결론을 내리면 될 것 같습니다.

행운   왜 사라져버린 날들인지 조금 약간 의문이 풀린 것 같아요.
내 일생 속에는 수많은 페이지들이 거의 공백 상태라는 표현
도 연결되는 것 같고요.

유은   그러니까 거기 보면은 165쪽 맨 위로 나는 오히려 무(無)를 열
      망한다 이런 걸 안고 보는 거죠.

〈내게 찾아온 섬의 말들〉

행운	펄럭이는 것은 깃발인가 바람인가? 이렇게 대답해야 한다. 그것은 깃발도 아니고 바람도 아닙니다. 그것은 정신입니다.
감사 기쁨 여유	최고의 사치란 무상으로 주어진 한 삶을 얻어서 그것을 준 이 못지 않게 인심 좋게 사용하는 일이며 무한한 값을 지닌 것을 쪼잔한 이 해관계의 대상으로 변질시키지 않는 일이다.
오롯 고양	나는 오히려 무(無)를 열망하고 있었다. 말을 거창하게 했지만 그 저 나 자신을 잊어버리게 하고 싶었다는 뜻으로 이해하라.
소준 한별	우리는 어딜 가나 우리를 따라다니는 어떤 존재를 우리의 마음속 에 지니고 있다는 것이 사실이라면 그 다른 존재는 단순한 정신적 애착만으로도 가까워질 수 있다.

8. 여덟 번째 섬: 보로메 섬들

"행복은 기쁨의 강도가 아니라 빈도다. 행복은 장소가 아니라 과정이며,
목적지가 아니라 여행하는 방법이라는 사실을
이해하는 것이 가장 중요하다."
-에드 디너

유은   이제 마지막 섬을 탐험할 시간입니다. 〈보로메 섬들〉이죠. 거
      기서 줄 친 것 있으면 말씀해주세요. 이 챕터는 줄을 많이 쳤을
      것 같아요. 왜냐하면 간단해서 읽기도 편하고 좋은 문장도 엄
      청 많이 보이거든요.

행운   저는 『섬』이라는 책을 처음 읽을 때 다른 챕터는 거의 안 읽고
      〈보로메의 섬들〉만 읽었거든요.
      〈보르메의 섬〉들만 읽고 장 그르니에는 이 정도까지 해탈의
      경지에 이르렀구나라는 생각을 했고 그래서 제가 약간 좀 불
      교 문화 그런 느낌을 작가에게서 받았습니다. 171쪽에 세 번째

줄 내게는 삶이 무겁고 시가 없어 보였다.

그러면서 시가 없다는 말은 더할 수 없이 단조롭기만 한 것에서 매 순간 새로운 면을 발견하게 만드는 뜻하지 않는 놀라움이 없다는 뜻이다.

저는 읽으면서 사실 저도 제 삶에서 놀라움을 원하지 않거든요. 저는 지금 오히려 놀라움이 없는, 시가 없는 삶이 더 좋습니다. 원래 저는 이렇지 않았어요. 그러나 지금은 시가 없는 삶이 더 평화롭고 아무 일도 일어나지 않는 삶을 동경합니다. 그래서 장 그르니에는 마지막으로 갈수록 이제 다 그런 거라고 생각하는 그 경지에 이른 것 같아요. 그래서 173쪽에 가장 먼 곳과 이제는 작별할 필요가 있다고 말하고 있는 것 같아요.

"바로 네가 있는 곳이 지금 행복한 곳이고 여기가 가장
아름다운 곳이고, 그 하루가 행복한 삶이고, 굳이
먼 데서 희망이나 행복을 찾지 말고 네가 찾을 수 없는
그런 것들을 찾아 헤매며 상처받지 말고 바로 지금,
여기에서 해결을 하면 된다라고
작가가 위로해주는 것 같았습니다."

행운 나는 가장 가까운 곳에서 피난처를 찾지 않으면 안 되었다.
여행을 해서 무엇 하면 산을 넘으면 또 산이요 들을 지나면 또

들이요 사막을 건너면 또 사막이다.

저는 이 표현이 삶을 사는 모습을 표현하는 것 같거든요. 어차피 사는 건 시는 없고 물론 시가 있으면 그런 놀라움과 이렇게 환희와 이런 것들이 내 앞에 펼쳐진다면 좋겠지만 어차피 정말 사는 것은 시는 없고 어떻게 보면 디스토피아, 또는 비관적 그렇게 보겠지만 꼭 희망을 품지 않고 사는 것이 비관적으로만 보이는 것이 아니라 그냥 사는 것 자체가 하루하루 그냥 어차피 저 산 넘으면 뭔가 희망이 있을 거야 더 좋은 날이 있을 거야라고 기대에 차서 사는 것만이 의미가 있는 것이 아니라 그냥 하루하루를 살아가는 것도 위대한 삶이라는 생각이 듭니다.

산을 넘는 것 자체가 의미가 있고요. 그러니 누군가 말했듯이 이 짧은 공간 속에 긴 희망을 가두어 두자라고 장 그르니에는 말하고 있는 것 같습니다.

그래서 제가 "결국 절대로 끝이 없을 테고 나는 끝내 나의 둘시네아를 찾지 못하고 말 것이다."라는 부분을 읽다가 아주 오랫동안 잊고 있었던 꿈, 젊은 시절의 꿈이 생각이 났습니다. 뮤지컬 맨 오브 라만차를 보고 엄청 감동을 받았었던 그 시절, 돈키호테가 둘시네아를 애타게 찾으며 '이룰 수 없는 꿈'이라는 노래를 부르는 모습을 보고 엄청 감동 받아하던 저를 아득히 잊고 있었던 저를 다시 생각나게 했습니다.

행운 제가 그런 삶을 살았었다는 것을 '이룰 수 없는 꿈'에 감동받고 그랬었던 것조차도 그렇게 살아왔다는 것조차도 까마득히 잊어버리고 살고 있었네요. 그런데 지금은 꼭 꿈을 찾아 나서고 뭔가 행복한 일이 항상 벌어질 것이라고 기대하는 그런 삶을 살고 있지도 않고 바라지도 않습니다. 제가 작가에게서 무슨 해탈의 경지에 이르렀다는 느낌을 받았다는 부분이 끝부분 어차피 산을 넘으면 또 산이고 멋있는 곳에 여행을 가서 행복을 찾는 게 아니고 그냥 내가 하루 사는 것이고 가장 먼 곳과는 이제 작별을 하고 내가 있는 이곳에서 피난처를 찾아 살아가는 것이라고 쓰여진 부분이었습니다.

행운 바로 니가 있는 곳이 지금 행복한 곳이고 여기가 가장 아름다운 곳이고, 그 하루가 행복한 삶이고, 굳이 먼 데서 희망이나 행복을 찾지 말고 네가 찾을 수 없는 그런 것들을 찾아 헤매며 상처받지 말고 바로 지금, 여기에서 해결을 하면 된다라고 작가가 위로해주는 것 같았습니다. 여행을 해서 무엇하겠느냐 이 부분은 그러니까 여행도 의미가 있겠지만 여행을 해서 무엇하겠느냐라는 표현에서 장 그르니에가 결국 하고 싶은 말은 굳이 먼 데서 너의 희망과 삶과 미래를 찾지 말고 하루하루 그냥 행복하게 살아, 그게 인생이고 그렇게 사는 거야 그게 삶이라는 거야라는 말을 해주는 것 같았습니다. 오히려 우리가 찾고 있는 위대한 삶은 그냥 평범한 하루하루라고 말해주는 것 같았고 이 부분에서 많은 위로와 감동을 받았습니다. 그 감동을 느낀 후에 바로 보르메의 섬을 지도에서 찾아봤어요.

행운　여기 《지중해 영감》도 그렇고 이 책도 읽으면서 제가 이런 곳을 돌아다니면서 직접 경험을 해봤다면, 지중해도 가보고 이렇게 아름다운 섬들을 보면서 이 섬들에 대해 알고 있는 상태에서 이 책을 읽었으면 훨씬 더 이해가 잘 되고 작가에게 공감이 갔을 텐데 하는 생각을 했습니다.

유은　행운님이 얘기한 대로 정말 이 파랑새를 찾아서 한겨울 온 마을을 찾아다녔는데 나중에 집에 돌아와 보니 자기 집 마당 나뭇가지에 파랑새가 앉아있더라는 얘기 있잖아요.
그러니까 먼 곳에 의미 있는 존재가 있는 게 아니라 우리 가까운 곳에 우리가 찾고자 하는 꿈과 희망이 있다는 거 그런 거 하고도 관련이 좀 있을 것 같아요.

그러니까 〈보르메의 섬들〉은 지금 아까 행운님 얘기한 대로 내 앞에 있는 어떤 것보다는 좀 여기서 이상향이죠.
보르메 섬은 우리가 평소에 가보고 싶어 하는 이상향 같은 곳이죠. 제주도 사람으로 치며 이어도라든가. 그런 곳입니다.

유은   〈보르메 섬들〉 그 제목 하단에 보면 짜라투스트라가 말한 부
       분이 삽입되어 있어요.
       "가장 먼 곳에 대한 사랑을"이라는 말이 나와요.
       그래서 가장 먼 곳에 대한 사랑을 이라는 말을 니체가 얘기한
       이유는 내 주변의 내 가족만 챙기지 말고 내 이웃과 가장 먼 곳
       에 있는 사람들을 사랑하라는 의미입니다. 한국 사람이니까
       한국 사람만 챙기지 말고 아프리카나 극지방에 있는 그런 사
       람 좀 챙겨 그런 것에 대한 사랑이 의미 있는 일이야 이렇게 표
       현을 한 거거든요.

행운   173쪽에 "가장 먼 곳과 이제는 작별할 필요가 있었다. 나는 가
       장 가까운 곳에서 피난처를 찾지 않으면 안 되었다." 이런 표현
       이 있어요.

유은   짜라투스트라의 말과는 반대의 시각이죠? 가장 먼 곳 그러니
       까 지금까지 나는 아까 얘기하는 이어도라든가 보르메 섬처럼
       가장 먼 곳에 뭔가 이상향이 있을 거야, 오아시스가 있을 거야
       라고 생각하는 것처럼 내가 발 디딘 곳을 떠나면 뭔가 좋은 것
       이 있을 거라고 생각하고 자꾸 밖으로 나가려고 하는데 실제
       보면 그게 아니라는 거죠.

"내 안에 자유가 없다면 세상 어디에 가도
자유로울 수가 없기 때문이다.
이런 문장도 있거든요. 그러니까 중요한 것은
아까 나온 것처럼 내 마음이고 내 의식이다
이런 생각이 많이 듭니다."

유은   그러니까 우리가 막 거창한 일을 하려면 꼭 멀리 가서 해야 된
다고 생각할 수도 있지만 내가 발 딛고 있는 지금, 여기서부터
라는 마음가짐이 필요하다고 보는 거지요.

"나는 가장 가까운 곳에서 피난처를 찾지 않으면 안 되겠다."
작가는 여기서 깨달음을 이제 얻은 거지요.
그래서 이제 여행을 헤서 무엇 하겠는가 이제 이런 얘기가 나
오는 것 같아요.
여행 가면 정말 우리가 여기서 보지 못한 뭔가를 발견할 거야.
뭔가 새로운 생각을 하게 될 거야. 뭔가 큰 깨달음을 얻을 거야
라고 하는데, 실제로 보면 내 생활 안에서 그런 각성이 없으면
거기 갔더니 뭐 하냐 뭐 이런 의미가 여기 있는 것 같아요.

행운   그래서 174쪽에 제가 말한 것이 이거였거든요.
여기 이게 제일 중요한 말이었는데 여기 그렇다. 태양과 바다

와 꽃들이 있는 곳이면 어디나 나에게는 보르메의 섬들이 될
것이다.

그러니까 내 마음 마음먹기 나름이라는 그런 말인 것 같았어요.

유은 천국이 하늘 어딘가에 있다고 생각하지 말라는 말이죠. 물리
적 공간에서 찾으면 못 찾아요.

내 마음속에 천국이라는 것도 있는 거잖아요. 결국은 내가 어
떻게 마음을 먹느냐가 가장 중요한 거지 그 천국을 장소를 찾
아서 어디 하늘 우주에 가서 찾는 일이 있잖아요.

그런데 결국 찾아 나선 그 먼 곳에 있는 게 아니라 나와 함께
있는 것처럼 내 마음속에 있다 이거죠.

그 마음가짐이 굉장히 중요한 거고 여기도 보면 보로메의 섬
이 이상형이라고 한다면 이상형이라는 거지 어디 밖에 어디
무언가가 있냐라고 생각하지 말고 내 안에서, 아니면 내 가까
이에서 찾는 게 굉장히 필요하겠다.

그런 생각을 해 보고요. 제가 예전에 여행이라는 것관 관련하
여 찾았던 게 페소아의 《불안의 책》이라는 책이었는데 그 안
에 보면 여행에 대한 내용이 나와요.

어떤 문구가 있냐면 이거랑 비슷한 문장들을 찾아봤는데 "모
든 석양은 그저 석양일 뿐인데 그것을 보러 콘스탄티노플까지
갈 필요는 없다."

유은   내 안에 자유가 없다면 세상 어디에 가도 자유로울 수가 없기 때문이다.

이런 문장도 있거든요. 그러니까 중요한 것은 아까 나온 것처럼 내 마음이고 내 의식이다 이런 생각이 많이 듭니다.

그러니까 보로메 섬도 마찬가지로 멀리서 찾지 말고 내 안에서 찾으면 어떨까 이런 생각이 듭니다.

저는 그런 생각을 했습니다. 여러분들이 생각하는 나만의 보로메 섬이 무엇인지 궁금한데 언젠가 시간이 나면 한번 말씀해 보세요.

기쁨   174쪽에 "그럼 무엇을? 그렇다. 태양과 바다와 꽃들이 있는 곳이면 어디나 나에게는 보로메의 섬들이 될 것 같다. 그리고 너무나 무너지기 쉽고 너무나 인간적인 보호인 마른 돌들의 담벼락 하나만으로도 나를 격리시켜 주기에 족할 것이고, 어느 시골 농가의 문턱에 선 두 그루의 시프레 나무만으로도 나를 반겨 맞아 주기에 족할 것이나... 한 번의 악수, 어떤 지성의 표시, 어떤 눈길... 이런 것들이 바로 -이토록 가까운, 이토록 잔혹하게 가까운- 나의 보로메 섬들일 터다." 부분에 저도 밑줄을 긋고 그 옆에 '나도다!'라고 적어 두었어요. 그 중에서도 저는 한 번의 악수, 어떤 지성의 표시, 어떤 눈길 이 부분이 참 다가왔어요.

지난번에 제가 어떤 분에게 "왜 이렇게 예뻐지세요?"라고 물었더니 농담으로 "나는 감동해서 그래요."라고 답하는 거예요. 맞다! 어디를 가나 똑같을지 모르지만 거기서 감동을 할 수 있다면 이 하나하나에 그러니까 있는 것 밑에 이제 보면 한 번의 악수, 어떤 지성의 표시, 어떤 눈길, 이런 것들이 바로 이제 이토록 가까운 이토록 잔인하게 가까운 나의 보름의 섬들일 것이라 했는데 이게 있어도 그걸 감동하지 못하고 못 느낀다면 가까이 있어도 도움이 안 되는 거고 가까이 있지만 거기에 감탄하고 감동할 수 있다면 바로 나만의 보로메섬이 아닐까 이런 생각을 문득 해봤어요.

유은   맞아요. 아까 "시가 있는 삶"도 굉장히 좋은 그런 문장으로 저도 이제 줄을 쳐놨었는데 우리가 늘 살다 보면 어떻게늘 시가 있는 삶으로 살겠어요?
그런데 매번은 아니더라도 어쩌다 한 번은 억지로라도 일상이 좀 반복되고 재미없어질 때는 시가 만들어지는 삶을 위해 과감한 일탈의 마음가짐이 필요하다고 봅니다.

유은   니체의 짜라투스트라는 이렇게 말했다에 나오는 낙타처럼 자기에게 주어진 삶을 뚜벅뚜벅 걸어가는 것은 잘하는데 오히려 어린아이처럼 자유로운 사고를 하며 사는 것이 더 어렵고 많이 필요하다는 생각이 듭니다.

그러니까 시가 있는 삶을 항상 살아가기는 현실적으로 어렵겠지만 가끔 가족이나 아니면 동료들과 의미 있는 시간을 만들어 보는 것도 매우 중요한 것 같아요.

행운 저는 지금 다시 읽어도 이 173쪽에 여기 결국 절대로 끝이 없을 테고 나는 끝내 나의 둘시네아를 찾지 못하고 말 것이다.

그러니 누군가 말했듯이 이 짧은 공간 속에 긴 희망을 가두어 두자라는 이 표현이 정말 좋은 것 같아요.

좀 비관적으로 말하면 어차피 사는 거 별거 없어 어차피 큰 희망과 꿈을 찾아 나서고 싶어도 너의 인생에 그렇게 희망차고 찬란한 그런 건 별로 없어 하지만 그래도 산다는 것 자체가 그것으로서 의미가 있고 그 나름의 소박한 희망이 있어라고 결국은 희망을 말하고 있는 것 같습니다. 그리고 그렇게 살다 보면 가끔 시가 있는 의미 있는 삶의 순간들도 경험하게 되는거고요.

행운 살 만한 곳이야라는 약간 그런 느낌과 그래도 괜찮아 하는 그런 느낌.

이 짧은 공간 속에 너의 긴 희망을 가두어 두고 열심히 그래도 살아볼 만한 가치가 있는 것이 삶이야라고 말해주는 것 같았거든요.

그래서 173쪽 아랫부분에 나와 있는 '어차피 자갈밭과 난간을 따라가며 사는 것은 불가능하니 그저 그것의 영광스러운 대용품들이나 찾을 수밖에!'라는 표현처럼 장 그르니에는 시니컬하게 이야기했지만 그래도 결국 그가 말하고 싶은 내용은 희망을 꿈꾸면서 어차피 끝은 없고 어차피 계속 다람쥐 쳇바퀴 돌 듯 하는 삶이겠지만 가끔 시가 있는 삶도 누리며 열심히 살아 보자고 희망을 이야기하고 있는 것 같습니다. 시니컬한 표현 속에 희망을 숨겨놓은 것 같아요.

행운   7쪽의 아래쪽의 내용을 보면 '그르니에는 그것들의 영원한 홍치와 동시에 덧없음을 우리에게 상기시켜 주었다. 그러자 곧 우리는 우리가 돌연히 느끼곤 했던 우수가 무엇인지를 깨닫게 되었다'는 부분도 그런 이야기를 하고 있는 것 같습니다.

유은   열심히 성실하게 살면서도 집에 가서 조용히 혼자 있다 보면 참 암울한 마음이 들 때가 있지요? 그런 불안들이 사실 어디서 오는지 잘 모르는데 그런 것들을 장 그르니에가 아주 잘 설명해주고 있다는 거지요. 그래서 요 앞부분의 『섬』에 붙여서'를 자세히 읽어 보면 제가 봤을 때 좀 이해가 안 되는 부분들을 까뮈가 굉장히 정리를 좀 잘해 놨다는 생각이 들어요.

행운   여기 지금 발견했는데 7쪽에 젊은 불안 우리의 젊은 불안이 어디서 오는 것인지 설명해 주는 또 다른 현실을 보여주었다. 그런데 젊은 불안이라는 표현도 많은 생각할 거리를 주는 것 같아요.

유은   표현도 굉장히 재밌는 거죠. 우리 20대 생각해 보세요. 젊어서는 굉장히 의욕도 넘치고 정말 못할 게 없을 것 같지만 사실은 좀 불안하잖아요. 불안한 시기잖아요. 나 어떻게 취직을 하고 가정은 어떻게 꾸리고 어떻게 살아야 되지? 하는 이런 막연한 불안이 있잖아요. 그러니까 우리 어제 읽은 데도 있었지요? 그 쾌락과 동시에 불안이 어디서 오는지 그런 얘기 나오는데 여기도 그런 것 같아요.

여유   이 지점에서 궁금한데 고양님은 이 말에 공감하는지가 너무 궁금합니다. 20대의 불안, 염세적인 이런 표현들을 공감하는지 20대의 고양님의 생각이 궁금하네요.

유은   젊은 불안, 젊은 세대들이 세상을 향해 나가려고 출발선에 서 있는 지금 이 시점에서 느끼는 젊은 불안이 꽤 많을 것 같다는 생각이 요즘 부쩍 드네요.

고양   제가 생각하기에 젊은 불안은 보통 현실적인 문제에 대한 불안을 이야기하는 것 같습니다. 어디에 취직할지, 누구랑 함께 살지, 돈을 어떻게 쓸지 등 많은 결정들을 처음 하는 경우가 많으니까요.

덧붙여서 좀 전 교장 선생님께서 끝부분이 우울하게 느껴진다고 하셨는데 저는 오히려 희망적이라고 느꼈어요. 작가가 계속해서 덧없음에 대해 이야기했지만 '태양과 바다와 꽃들이 있는 곳이면 어디든 나에게는 힘이 될 것 같다'라는 구절에서 결국 희망을 전달하고 싶구나 생각했습니다.

유은   그러니까 저도 비슷할 것 같은데요. 희망이라고 하는 것을 아까도 얘기했지만 내 앞에 있는 내 공간 안에서 가까운 곳에서 찾으면 되는 건데 그것을 우리는 자꾸 멀리 있다고 생각을 하고 다른 곳에서 찾으려고 하잖아요.

여행도 마찬가지지요. 외국으로 멀리 가지않더라도 주변에 엄청 좋은 곳이 널려있지요. 그것을 발견할 수 있는 안목이 문제겠지요.

행운   저는 아까 유은님이 말씀하신 장 그르니에는 희망을 꿈꾸려는 우리에게 자꾸 찬물을 끼얹는다고 하신 부분에 공감을 했거든요.

장 그르니에는 찬물을 끼얹는데 다시 그 뒤에 말하고자 하는 바는 내가 지금 찬물을 끼었었지만 그래도 살만해 괜찮아 또 희망은 있어. 그런 말을 반복적으로 하고 있는 것 같아요.
결국 인생이 별거 없어라고 말하고 있지만 다시 역설적으로 아니 그래도 인생은 별거야 대단한 별거야라고 말하고 있는 것 같습니다.

> *"좀 비관적으로 말하면 어차피 사는 거 별거 없어*
> *어차피 큰 희망과 꿈을 찾아 나서고 싶어도 너의*
> *인생에 그렇게 희망차고 찬란한 그런 건 별로 없어.*
> *하지만 그래도 산다는 것 자체가 그것으로서 의미가*
> *있고 그 나름의 소박한 희망이 있어라고*
> *결국은 희망을 말하고 있는 것 같습니다."*

여유   쇼펜하워도 되게 이렇게 염세적으로 표현하잖아요.

유은   그러니까 까뮈가 얘기했던 것처럼 염세주의자가 이런 얘기를 했으면 굉장히 설득이 안 됐을 것 같아요. 염세주의자들은 원리 세상을 비관적으로 보는 사람들이니까요.
하지만 삶의 기쁨과 삶의 비애를 함께 얘기해 줄 섬세한 스승이 필요한데 바로 이 사람이 그런 스승이라는 것이지요.
그러니까 굉장히 찬사를 보낸 거죠.

그런 의미에서 이렇게 보면 이 책은 내용을 파악하기에 좀 힘들지만 삶의 의미를 되짚어 보는 좋은 책이다 이런 생각이 들어요.

우리가 독서토론을 네 번째 했나요? 오늘은 지난번에 이야기를 나누었던 것 중에 좀 보충한 내용이 많았고 할 말이 많았음에도 시간부족으로 미처 못한 부분을 얘기해서 굉장히 유익했네요.

〈내게 찾아온 섬의 말들〉

유은	내게는 삶이 무겁고 시가 없어 보였다. 시가 없다는 말은 더할 수 없이 단조롭긴만 한 것에서 매 순간 새로운 면을 발견하게 만드는, 저 뜻하지 않은 놀라움이 없다는 뜻이다.
여유	가장 먼 곳과 이제 작별할 필요가 있었다. 나는 가장 가까운 것 속에서 피난처를 찾지 않으면 안 되었다.
행운 오롯	여행을 해서 무엇 하겠는가? 산을 넘으면 또 산이요. 들을 지나면 또 들이요 사막을 건너면 또 사막이다. 결국 절대로 끝이 없을 테고 나는 끝내 나의 둘시네아를 찾지 못하고 말 것이다. 그러니 누군가 말했듯이 이 짧은 공간 속에 긴 희망을 가두어 두자.
한별 소준 기쁨	그렇다 태양과 바다와 꽃들이 있는 곳이면 어디나 나에게는 보로메의 섬들이 될 것 같다.
감사	한 번의 악수, 어떤 지성의 표시, 어떤 눈길…… 이런 것들이 바로 - 이토록 가까운, 이토록 잔혹하게 가까운 - 나의 보로메 섬들일 터다.
고양	가장 먼 곳에 대한 사랑을……: -짜라투스트라
유은	태양과 바다와 꽃들이 있는 곳이면 어디나 나에게는 보로메 섬들이 될 것 같다. 그리도 가냘프게 그리도 인간적으로 보호해 주는 마른 돌담 하나만으로도 나를 격리시켜 주기에 족할 것이고 어느 농가의 문턱에 선 두 그루의 시프레 나무만으로도 나를 반겨 맞아 주기에 족할 것이니…… 한 번의 악수, 어떤 총명의 표시, 어떤 눈길…… 이런 것들이 바로-이토록 가까운. 이토록 잔인하게 가까운- 나의 보로메 섬들일 터다

섬이 내게로 왔다

제목	저자	옮긴이	날짜: 24. . .	GC카드
섬	장 그르니에	김화영	페이지: 171	〈행운〉

"간직하고 싶은 문장 Copy"

시가 없다는 말은 더할 수 없이 단조롭기만 한 것에서 매 순간 새로운 면을 발견하게 만드는, 저 뜻하지 않은 놀라움이 없다는 뜻이다.

"책 내용 Contents"

북쪽 지방의 어느 낯선 고장으로 자리를 옮기고 보니 내게는 삶이 무겁고 시가 없어 보였다.

"시가 없다는 말은 더할 수 없이 단조롭기만 한 것에서 매 순간 새로운 면을 발견하게 만드는, 저 뜻하지 않은 놀라움이 없다는 뜻이다."라는 부분은 우리들의 평범한 일상을 이야기하는 것 같고 기쁨과 희열만이 가득한 삶이 아닌 아주 지극히 평범한 삶이 주는 일상의 위대함을 이야기하고 있는 것 같다.

어찌 보면 위대하고 특별한 날들이 아닌 평범한 일상이야말로 정말 감사하고 위대한 하루하루라는 생각을 하게 되었다.

"획득 Gain"(정보, 지식, 지혜, 카타르시스, 위로, 힐링, 정신적 즐거움 등)

나는 삶이 가볍고 시가 있는 세상을 살았구나... 행복했구나...

하지만 시가 없는 지금이 그리 나쁘진 않다... 시가 없어도 나는 이 단조롭고 놀라움이 없는 삶이 주는 평온을 사랑하고 원한다.

시가 없어 보인다기 보다는 새로운 시! 놀라움은 없지만 단단한 마음이 주는 힘!

기대하지 않는 삶이 주는 방패같은 하루하루를 얻었다.

"변화 Change"(행동 또는 생각의 변화)
시가 있든, 없든 행복한 삶을 살 수 있도록 매사 감사한 마음을 가져야겠다. 어떤 날은 뜻하지 않은 놀라움이 없어서 감사하고 어떤 날은 예기치 않은 놀라움에 감사하며 하루하루 멋지게 살아가야겠다.

섬이 내게로 왔다

제목	저자	옮긴이	날짜: 24. 9. 24.	GC카드
섬	장 그르니에	김화영	페이지: 173, 174	〈행운〉

"간직하고 싶은 문장 Copy"

산을 넘으면 또 산이요 들을 지나면 또 들이요 사막을 건너면 또 사막이다.
"태양과 바다와 꽃들이 있는 곳이면 어디나 나에게는 보로메의 섬들이 될 것 같다"

"책 내용 Contents"

산을 넘으면 또 산이요 들을 지나면 또 들이요 사막을 건너면 또 사막이다. 결국 절대로 끝이 없을테고 나는 끝내 나의 둘시네아를 찾지 못하고 말 것이다. 그러니 누군가 말했듯이 이 짧은 공간 속에 긴 희망을 가두어 두자
위의 내용은 결국 지금 내가 있는 이 곳에서 희망을 찾고 행복을 찾으며 열심히 살아 보자는 내용인 것 같다.

"획득 Gain"(정보, 지식, 지혜, 카타르시스, 위로, 힐링, 정신적 즐거움 등)

먼 곳에서 희망을 찾지 말자. 내일은 또는 다른 학교에 가면, 나아질거야라는 생각을 하지 않게 되었다 오히려 지금 현재의 이 자리에서 희망을 찾게 되었다. 지금 이 곳이 내가 생각하고 마음먹기에 따라 행복의 증거, 희망의 증거가 될 것이다.

"변화 Change"(행동 또는 생각의 변화)

행운의 섬들에 나오는 "단순하고 항구적인 어떤 상태, 그 상태는 그 자체로서는 강렬한 것이 전혀 없지만 시간이 갈수록 매력 점점 더 커져서 마침내는 그 속에서 극도의 희열을 느낄 수 있게 되는 그런 상태인 것이다"라는 표현을 보로메 섬들에서 비로소 다시 진심으로 이해하게 되었다.
기대하지 않는 삶은 희망이 없는 삶이 아니라 오히려 역설적으로 진정한 행복의 삶이 될 수 있다. 단 매사 감사의 마음을 가지고 세상을 바라보며 살 수 있다면 말이다.

에필로그

〰〰

유은 벌써 많은 시간이 흘렀습니다.

책을 읽고 나서는 책에 나온 내용을 곰곰이 되씹고 내 삶에 적용하고 실천하는 게 중요하다고 생각합니다. 책 문장만 달달 외우기만하면 무슨 의미가 있겠어요?

책을 한 권 다 독파한 시점이니 이제 마무리 발언을 한번 들어보도록 하겠습니다.

이 책을 읽은 소감이라든가 아니면 이 책을 읽고 나서 좀 깨닫게 점들이 있다면 이런 것들을 간단하게 얘기합시다.

이 『섬』이라고 하는 책을 다 읽은후 전반적으로 느낀 부분이 있으면 이야기해주시면 좋을 것 같아요.

"사람은 불완전하고 이기적인 면도 있고 탄생과
죽음이라는 주어진 시간 안에서 살아가지만
존재이지만 그럼에도 불구하고 나는 내 가까운 곳에서
불완전하더라도 아름다운 사람들을 사랑하며 나만의
즐거움과 보물을 찾으면 한정적인 삶을 온전한 나로
살아나가야 겠다는 생각이 들었습니다."

여유 저는 책 내용도 내용이지만 그보다 저는 여기 이렇게 같이 이야기를 나누는 것에 대해서 좀 더 집중했던 것 같습니다.

이게 전형적으로 공부 못하는 친구들의 특징인데 교과서보다는 다른 거에 더 관심을 많이 가지는 건데 저는 어떤 거에 집중을 했냐면 이 책을 읽은 내용을 가지고 다른 분들은 어떤 생각을 할지에 대해서 되게 유심히 들었는데요.

그래서 이 책 내용도 보고 했었는데 같은 내용을 보면서 서로 같은 데를 바라보는 것도 있었고 아니면 전혀 다른 부분으로 서로 바라보고 있다는 것도 있고 거기에 대해서 또 이렇게 조금 질의가 있으면 유은님이 여러분들이 거기에 대해서 설명을 해 주시는 것들에 대해서 저는 되게 좋았고요.

약간 이런 큐레이터들이 이렇게 책에 대해서 설명해 준 듯한 느낌이어서 저는 그 부분이 상당히 좋았고요.

그리고 다른 것보다도 제가 좋아하고 안 좋아하고에 대한 그런 도서의 종류도 중요하긴 하겠지만 그렇긴 하겠지만 어찌됐든 이 옆에 있는 계신 분들이 좋은 이야기들을 많이 해주셔서 저는 그런 새로운 시각을 배울 수 있어서 이렇게 독서 사실 저는 독서 이런 모임 같은 걸 처음 해봐서 그래서 그런 점들을 배울 수 있어서 나름 그래도 의미 있는 작업이 아니었나라는 생각이 들었습니다.

어제 읽은 기사가 있어 함께 덧붙여 말씀드리고 싶네요.

네오테니 유전자와 관련된 내용이었는데 네오테니는 유형성숙(幼形成熟)을 뜻하는 생물학 용어라고 합니다. 달리 말하면 어른이 되어서도 여전히 남아있는 유아적 속성을 뜻합니다.

아인슈타인이 천재성을 발휘한 중요한 요소가 호기심이라 합니다. 누군가에겐 적응못하고 엉뚱한 아이처럼 보였던 아이슈타인이었지만 아이와 같은 왕성한 호기심 덕분에 천재성을 발휘할 수 있었는데, 이는 단순히 아이처럼 행동하라는 뜻이 아니라 왕성한 호기심과 일상에 감사할 수 있는 태도를 유지하는 사람들이 행복할 가능성이 높다는 내용이었습니다.

우리는 평소 말로는 축복 같은 하루라고 하지만 실제 현실에서는 기분 나쁜 일이 생기면 자신의 하루를 그 축복 같은 하루에 정작 내가 빠졌을 때 그 축복을 또 망각하고 애들은 짜증 나는 감정에 매몰되어 축복같은 하루를 날리는 경우가 많습니다.

사실 저에 대한 반성입니다. ㅎㅎ

출근할 때 아이들과 즐거운 하루를 보내자며 다짐하고 오지만 어느 순간 실천하지 못하고 있는 저를 발견할 때가 많습니다.

어쩌면 우리는 이미 현자들의 지혜로움을 이미 습득하고 있지만 현실에서 실천하지 못하는 경우가 더 많습니다. 요즘 저는 제가 알게 된 훌륭한 지혜들을 실천에 이르도록 하는 것이 고민이라 이야기 해 보았습니다.

오롯   이 책에서 제가 느꼈던 건 앞에서부터 반복해서 나오는 게 결국 "나 자신에 대한 이야기"인 것 같아요.

나 자신이 누구인지, 내가 좋아하는 것이 무엇인지 알아야 되는 삶에 대해서 이야기 하고 있는데 보면 여행이라는 것도 멀리 돌아다녀봐도 결국 '나'를 찾기 위한 여행이었고 나를 이해하는 게 인생에서 중요한 거다. 남을 위한 삶보다도 나를 위한 삶이 더 중요하다. 이런 이야기를 하고 있는 걸 봐서 '나'라는 키워드가 이 이야기의 핵심이라는 느낌을 받았거든요.

그래서 책에서 물음을 던지고 있는 모든 의문에 대한 정답이 있을 수 없는 게 개개인이 다 다르니까 정답이 하나가 아닌 거죠. 각자가 좋아하는 거, 각자의 개성, 각자의 행복 그게 다 다르잖아요. 각자의 정답을 찾기 위해 노력하고 그걸 알고 실천할 수 있는 삶이 행복이고 그게 '나'에 대한 답인 것 같아요.

오롯   그래서 결국에는 이 책을 읽으면서 저 자신에 대해서 생각하게 됐고 나라는 사람이 어떤 사람인지, 내가 좋아하는 게 뭔지, 또 나를 위한 삶이 무엇인지 생각해 보고 나에 대해서 되돌아 볼 수 있었던 시간을 갖을 수 있어서 좋았어요.

한별 저는 결혼을 하고 아이를 낳고 나서 부터는 저를 위한 독서보다는 아이를 위한 육아서나 교육도서 또는 아이에게 읽어주는 동화책이 제가 하는 독서의 전부였던 것 같습니다. 솔직히 독서 토론 모임이나 독서 모임이라는 것도 처음이라, 처음에 독서모임을 시작하며 무슨말을 어떻게 해야하는지 그런 걱정도 많이 됐었는데, 편안한 분위기를 만들어 주신 선생님들 덕분에 편안하게 모임에 스며들 수 있었던 것 같습니다. 장 그르니에의 섬을 읽고 나서의 제 생각을 간단히 말하자면, 사람은 불완전하고 이기적인 면도 있고 탄생과 죽음이라는 주어진 시간 안에서 살아가지만 존재이지만 그럼에도 불구하고 나는 내 가까운 곳에서 불완전하더라도 아름다운 사람들을 사랑하며 나만의 즐거움과 보물을 찾으면 한정적인 삶을 온전한 나로 살아나가야 겠다는 생각이 들었습니다. 섬이라는 책이 내용이 어렵기도 하고 막연하게 희망차고 밝은 내용이 아니어서 처음에는 읽기가 힘들었는데, 선생님들의 다양한 견해를 들으며 문장들을 다시 읽고 더 입체적으로 깊게 책을 읽을 수 있어서 저에게는 정말 좋은 경험이자 좋은 시간이었습니다. 모든 선생님들께 감사합니다.

감사 이런 기회가 아니면 절대로 읽을 수 없는 어렵고 재미없는 책이라 처음에는 좀 힘들고 어려웠지만 끝까지 을 수 있었던 것에 감사합니다. 챕터별로 짧게는 3번 많으면 5번 정도 읽었거습니다. 렇게 읽으면서도내가 진짜 무지하구나 이렇게 글어려운 을 쓸 수 있는 사람도 있는데 이걸 읽고 이해를 못하는 이도밖에 수 돼서 실망스러웠습니다. 책을 통해서 문장에서 느끼는 것도 많았지만 전체적으로 이런 책을 읽고 좀 이해를 할 수 있고 삶에 대해서 다시 한번 되돌아볼 수 있는 그런 경지에 이르기 위해서 책을 좀 많이 읽어야겠다. 독서가 도피처가 아닌 안식처가 될 수 있는 책을 찾아서 읽어야겠다는 생각이 듭니다.

그런 의미에서 이 책을 접하게 해 주신 교장 선생님께 감사드립니다.

기쁨　저는 까뮈가 이 책을 읽고서 글을 쓰고 싶었다고 그랬는데, 마음이나 생각, 정신을 한결 한 결 이렇게 표현할 수 있다는 거에 놀라고 감동했고 저도 표현하고 싶어졌습니다. 그런데 나는 왜 지금까지 '섬'을 아직도 한 번도 읽어 보지 못했을까? 이렇게 훌륭한 책이었었는데. 이렇게 훌륭한 책을 이제라도 만나볼 수 있게 해주시고, 또 이해할 수 있게 생각도 열게 '삼목 책마실' 자료도 준비해 주시며 이끌어 주신 유은님께 감사드립니다.

그리고 마지막으로 "그렇다, 태양과 바다와 꽃들이 있는 곳이면 어디나 나에게는 보로메의 섬들이 될 것 같다." 라는 이 문장을 이렇게 반박하고 싶습니다. 어떤 것이나 되는 건 아니고 거기에서 감탄하고 감동할 수 있어야지 그것이 바로 보로메 섬이다.

행운 그렇죠 저한테 장 그르니에 섬은 안타까움과 약간의 기대 그리고 바람과 같아요.

굉장히 안타까운 책이에요. 왜냐면은 제가 이런 종류의 책을 굉장히 좋아하고 정말 한 문장 한 문장 깊이 있게 읽고 감동받는 그런 사람인데 이 책을 읽는 동안 한 글자도 눈에 잘 안 들어오더라고요.

그래서 어떻게 보면 마음 그러니까 쉽게 표현하면 마음이 삶이라는 콩밭에 가있어서 이 심오하고 깊이 있는 문장들이 위로가 되지 않았던 것 같아요. 그런데 저는 과거의 저를 잘 알잖아요.

내가 이런 사람이 아니었는데 나는 이런 책을 읽으면서 위로받고 힘을 얻는 그런 사람이었는데 그런데 계속 읽으면서도 읽히지 않는 이 책을 보면서 안타깝고 왜 이렇게 되었지? 라는 생각만 들고, 하지만 그 생각의 끝에서는 안타깝지만 안타까움으로 끝나는 게 아니라 살다 보면 또 어느 순간에 다시 예전의 나처럼 이 책을 정말 다시 한번 정독해서 흠뻑 읽을 수 있는 그런 날들이 또 오지 않을까라는 그런 기대를 한번 해 보게 하는 책이었습니다. 그래서 저에게 장 그르니에의 섬은 안타까움이자 기대이자 바람으로 남는 책입니다.

여유   저는 사실 여러 가지 핑계로 책을 열심히 못 읽어서 조금 부끄럽기도 안타깝기도 했습니다. 하지만 여러 선생님과 이야기 나누며 다양한 생각을 들을 수 있는 것만으로도 너무 좋았습니다. 각자가 느끼고 생각하는 것이 다르기에 자신의 생각들을 공유하고 고민하는 것으로 충분히 삶의 지혜를 배울 수 있어 뜻깊은 시간이었습니다. 감사합니다.

소준   저는 이 책을 읽는 내내 계속 반문과 공감이 반복되는 시간이었습니다. 제 마음속에 가지고 있었지만 미처 꺼내지 못한 것들을 꺼내어 내게 보여주기도 했고 한편 미처 생각하지 못한 부분을 딱 꼬집어서 알려주며 더 넓은 시각을 열어주는 색다른 경험이었습니다.
그리고 감상평을 나누며 다른 분들의 생각을 느껴볼 수 있는 귀한 시간이었다라고 생각합니다. 감사합니다.

고양   책을 읽는 내내 표지판도 여행지를 정처 없이 헤매는 느낌이었습니다. 목적지가 있고, 목적지로 향하는 길이 자세히 묘사된 책을 주로 읽어 와서 이 책을 읽는 게 쉽지 않았던 것 같아요. 그런데 여행의 끝자락쯤 되니 이런 여행도 매력 있네, 하는 생각이 들더라고요. 각자 걸음을 멈췄던 곳은 어딘지, 그곳에서 어떤 생각을 했는지 함께 이야기 나누는 시간 덕분이었던 것 같습니다. '섬' 여행에서 제 나름의 의미를 찾을 수 있게 도와주셔서 감사합니다. 그리고 저희의 이야기가 또 다른 분들에게 본인만의 섬을 여행하시는 데 도움이 되었으면 좋겠습니다.

유은   어려운 책을 함께 읽고 토론을 했더니 끈끈한 동료애가 생긴 것 같아요. 중요한 것은 책을 읽고 멋진 문장 하나 알았다로 끝나면 아무런 의미가 없고 결국은 이 문장과 내 삶을 연결해서 삶을 변화되어야 의미가 있는 책 읽기라고 생각해요.

평소에 나누지 못하는 얘기들이 이런 자리가 마련되니까 동료들의 마음 깊은 곳의 생각과 철학을 이해할 수 있는 좋은 기회였네요.

감사   처음에 책을 읽기 시작할 때 너무 어려워서 인터넷에서 엄청 찾아봤거든요. 교장선생님과 여러 선생님들께서 해석하고 생각한 부분처럼 잘 정리되어 있지 않았는데 우리가 만드는 책이 다음에 이 책을 읽을 분들에게 많은 도움이 될 것 같습니다.

유은　평소에 접하지 않는 스타일의 책이기 때문에 장 그르니에의 책을 처음 읽은 분들의 어려움이 많았을 것입니다. 독서는 파도타기란 말이 있지요? 잘 타면 물위에서 정말 신나는 시간이지만 잘못하면 물만 흠뻑 뒤집어 쓰게 되지요.

책들도 사람처럼 인연이 있어야 만나는데 올해 우리가 『섬』이라는 책을 만나 멋진 섬들을 실컷 구경한 2024년이 되었네요. 아무튼 수고하셨습니다. 모두에게 행운이 있기를.

나오는 글

～～～

우리들은 삶이라는 긴 여정에서 자신만의 섬을 찾아 여행을 떠났었고 오뒷세우스처럼 다시 고향 삼목도로 돌아왔습니다. 우리들이 낯선 섬으로 찾아갔다고 생각했었는데 지금에 와서 생각해 보면 그 섬들이 우리에게 찾아와 말을 걸어온 것이라는 생각이 듭니다. 우리가 여행했던 그 섬은 때로는 고독과 외로움으로, 한편으로는 기쁨과 환희로 우리를 맞이했었습니다.

토론을 통해 우리는 장 그르니에가 제시한 각 섬을 하나씩 답사했습니다. 이 여정에서 우리는 그저 책을 읽는 독자에서 멈추지 않고, 질문하고, 생각하고, 답을 찾아가는 여행자가 되었습니다. 고양이 물루의 섬에서는 삶과 죽음의 경계를 넘나들었고, 케르겔렌 섬에서는 고립 속에서 인간의 본성을 직시했습니다. 또한 보로메섬에서는 망각했던 삶이 주는 소소한 일상의 행복한 순간을 찾아내기도 했습니다. 각 섬을 지날 때 우리의 시각은 확장되었고, 그르니에의 철학적 사유는 더 깊은 울림을 주었습니다.

이 여정의 끝에서 우리는 깨닫습니다. 삶의 의미는 단순히 정답을 찾는 것이 아니라, 질문을 던지고 그 과정에서 스스로를 발견하는 데 있다는 것을. 그르니에의 섬들은 완전한 해답을 주지 않았지만, 우리의 내면 깊숙이 숨겨진 질문을 깨우고 그 질문들이 우리를 새로운 방향으로 이끌게 했습니다. 이 책은 단지 그르니에의 섬에 대한 해석이 아니라, 우리가 그 섬을 통해 발견한 우리의 '인생독본'입니다.

삶의 여정은 끝이 없고, 섬은 무수히 많습니다. 중요한 것은 그 섬들 속에서 자신을 발견하고, 그 여정을 계속 이어가는 용기입니다. 장 그르니에의 섬을 통해 시작된 이 여정이 여러분의 삶 속에서도 새로운 질문과 성찰을 불러일으키기를 바랍니다.

삼목의 책 탐험자들이여, 새로운 책 여행의 탐험을 기대하며 모두 건승하시길...

삼목 책마실1		일시	2024. 5. 27. 월
서명	『섬』 이스터섬, 상상의 인도, 사라져 버린 날들, 보로메 섬들	저자	장 그르니에
독후활동 1 〈책속으로〉	바람에 펄럭이는 저 깃발을 보라, 티베트 승려들은 막 들어가려는 제자에게 말한다. 펄럭이는 것은 깃발인가 바람인가 - 이렇게 대답해야 한다. 그것은 깃발도 바람도 아닙니다. 그것은 정신입니다. (p.166 - 사라져 버린 날들 中) "바람도 아니오 깃발도 아니오 그대의 마음이 흔들린다." - 육조혜능		

1. 여행에 관한 다양한 의견이 있습니다. 나에게 여행이란?

"사람들은 여행이란 왜 하는 것이냐고 묻는다. 언제나 충만한 힘을 갖고 싶으나 그렇지 못한 사람들에게 여행이란 아마도 일상적 생활 속에서 졸고 있는 감정을 일깨우는 데 필요한 활력소일 것이다. 이런 경우, 사람들은 한 달 동안에, 일 년 동안에 몇 가지의 희귀한 감각들을 체험해 보기 위하여 여행을 한다. 우리들 마음 속의 저 내면적인 노래를 충동질하는 그런 감각들 말이다. 그 감각이 없이는 우리가 느끼는 그 어느 것도 가치를 지니지 못한다." p.95

"여행이란 무엇일까? 『여행의 기술』을 쓴 알랭 드 보통Alain de Botton, 1969-은 "여행은 현실에서 만나는 노여움과 천박한 욕망을 벗어나기 위해" 하는 것이라고 했지만, 그 견해에 나는 동의할 수 없다. 그의 말이 옳다면, 여행은 도피 수단밖에 되지 않으며 일상을 증오로 몰 뿐이어서 불건전하다."

-중략-

내가 여행을 통해 얻는 첫 번째 유효함은 '진실의 발견'에서 비롯된다. 우리에게는 일상의 삶을 사는 동안 알게 모르게 축적되는 환상이 있다.

// 그래서 나는 여행을 통해 현장에 서서 그 건축의 실체를 보면서 내가 가졌던 환상이 무너지고 새로운 힘을 얻게 되는 경험을 수도 없이 해왔다.

〈오래된 것은 다 아름답다〉 승효상 p.15

모든 석양은 그저 석양일 뿐인데 그것을 보러 콘스탄티노플까지 갈 필요는 없다.

여행을 하면 자유를 느낄 수 있다고?

나는 리스본을 떠나 벤피카(리스본 근처의 외곽 도시)에만 가도 자유를 느낀다.

리스본을 떠나 중국까지 간 어느 누구보다 강렬하게 자유를 누릴 수 있다. 내 안에 자유가 없다면 세상 어디에 가도 자유로울 수 없기 때문이다.

– 페소아, 〈불안의 책〉 텍스트 p.138

2. 끝장에 끝장을 거듭한 최종목적지임이 죽음이라는 끝장이라는 이 문장 어떤 생각이 드나요?

"우리가 삶에 그토록이나 집착하는 것은 우리의 몸이 마련하곤 하는 그 예기치 않은 놀라움 때문인지도 모른다. 병이 낫지 않을 거라고 절망하고 있었는데 우리는 문득 자리에서 일어서게 된다. 우리가 잔뜩 믿고 있었는데 돌연 그 믿음이 무너진다. 끝장은 항상 똑같은 것이면서도 거기에 이르는 우여곡절은 러시아 산맥의 비탈만큼이나 다양하다."p.122

"우리가 죽을 때 우리들 자신에 대하여 죽을 뿐 다른 사람들에게 대해서는 죽지 않는 줄로 알고 있기 때문이다. 우리들의 거점은 사회일 뿐 절대가 아닌 것이다." p.135

3. 다음 인용문을 읽고 떠오르는 의견이나 생각을 발표해 봅시다.

"여행을 해서 무엇하겠는가? 산을 넘으면 또 산이요 들을 지나면 또 들이요 사막을 건너면 또 사막이다. 결국 절대로 끝이 없을 터이고 나는 끝내 나의 둘씨네를 찾지 못하고 말 것이다. 그러니 누군가 말했듯이 이 짤막한 공간 속에 긴 희망을 가두어 두자. 마죄르 호반의 자갈밭과 난간을 따라 가며 사는 것은 불가능하니 그저 그것의 영광스러운 대용품 들이나 찾을밖에! 그럼 무엇을? 에 태양과 바다와 꽃들이 있는 곳이 또, 면 어디나 나에게는 보로메 섬들이 될 것 같다." p.175

여러분은 시간의 흐름과 어느새 나이를 먹어버렸음에도 찾아 나서는 '보로메'는 무엇인가요? 보로메라 여겨지는 장소나 사물이 있나요?

삼목 책마실2		일시	2024. 6. 27. 목
서명	『섬』	저자	장 그르니에
독후활동 〈책 속으로〉	사람들 사이에 섬이 있다 그 섬에 가고 싶다 - 정현종, 『섬』(문학판, 2009) "나는 아무런 회한도 없이, 부러워한다. 오늘 처음으로 이 『섬』을 펼쳐 보게 되는 저 낯모르는 젊은 사람을 뜨거운 마음으로 부러워한다." - 알베르 카뮈		

 1. 이 책의 제목이 '섬'입니다. 섬 하면 떠오르는 이미지나 이 책을 읽는 중 제목이 의미하는 바가 무엇인지 생각해 보았다면 발표해 볼까요? 꿈, 외로움, 행운, 비밀, 여행, 상상, 이 책을 읽고 떠오르는 이미지가 있습니까?

 2. 책을 읽다가 함께 이야기 나누고 싶은 부분이나 토론해 보고 싶은 개별 논제가 있었다면 자유롭게 발제한 후 발표하고 서로 의견을 나누어 봅시다. (인상 깊었던 장면이나 단락(쪽)에서 발제)

    저마다의 일생에는, 특히 그 일생이 동터 오르는 여명기에는 모든 것을 결정짓는 한 순간이 있다. 그 순간을 다시 찾아내는 것은 어렵다. 그것은 다른 수많은 순간들의 퇴적 속에 깊이 묻혀 있다. 다른 순간들은 그 위로 헤아릴 수 없이 지나갔지만 섬뜩할 만큼 자취도 없다. 결정적 순간이 반드시 섬광처럼 지나가는 것은 아니다. 그것은 유년기나 청년기 전체에 걸쳐 계속되면서 겉보기에는 더할 수 없이 평범할 뿐인 여러 해의 세월을 유별난 광채로 물들이기도 한다. 한 인간의 존재가 그 참모습을 드러내는 것은 점진적일 수도 있다. 〈공의 매혹〉 p.23

3. 고양이 물루에서 고양이를 위한 '안락사'에 관한 여러분들의 의견은? 가족 동반 자살과 관련하여 찬성합니까? 반대합니까? 기타 다른 의견은?

4. 저자의 제자 카뮈는 "길거리에서 이 조그만 책을 열어본 후 겨우 그 처음 몇 줄을 읽다 말고는 다시 접어 가슴에 꼭 껴안은 채 마침내 아무도 없는 곳에 가서 정신없이 읽기 위하여 나의 방에까지 한걸음에 달려가 던 그날 저녁으로 나는 되돌아가고 싶다."라며 새로운 독자들이 이 책을 찾을 때가 되었다며 스승의 작품에 대한 극 존경심을 표하고 있습니다. 이와 같은 너무 좋아 '한걸음에 달려가던 일'과 같은 책이나 다른 경험이 있습니까? 〈섬에 부쳐서〉 p.11

5. 저자는 '우리가 어떤 존재들을 사랑하게 될 때면 그에 대해서 하고 싶은 말이 너무 많아지게 마련이어서, 그런 것은 사실 우리들 자신에게 밖에는 별 흥밋거리가 되지 못한다는 사실을 적절한 순간에 늘 상기하지 않으면 안 된다.'고 이야기 합니다. 나에게 사랑이란 무엇인가요?

> "사실 언제나 똑같은 내용이긴 하지요. 그렇지만 사랑하는 마음을 나타내려고 할 때, '나는 당신을 사랑합니다.'라는 말 이외에 다른 무슨 말을 할 수 있겠습니까? 사랑은 마음속에서 모든 순간들과 모든 존재들을 하나로 합쳐 주는 것입니다.(p.57-58)"

김지수는 〈시, 나의 가장 가난한 사치〉에서 '사랑이 시작될 때, 누가 더 많이 사랑하는가는 누가 더 많이 기다리는가다. 사랑은 시간을 점유하는 일이고 서로의 시간을 공유하는 일이다.'(p.25)라고 저자는 말합니다. 또한 '남녀 관계뿐 아니라 많은 인간관계가 타인의 시간을 나의 리듬으로 점령하기 위한, 혹은 점령당한 시간을 극복하기 위한 반복된 투쟁인 것이다.'(p.27)라며 시간을 공유하는 관계에 대해 강조합니다. 그리고 작가는 '천천히 와. 말할수록 더 기분 좋아지는 말'(p.27)이라는 문구로 마무리하며, 상대방에게 시간을 내어주는 일이 사랑이 바탕이 되어야만 가능한 일이라는 것을 강조합니다.

여러분은 누군가에게 시간을 내어주는 일에 관하여 어떻게 생각하시나요? 그리고 과거에 가장 많은 시간을 쏟았거나, 현재 가장 많은 시간을 할애하고 있는 일이나 사람이 있다면 서로 이야기 나누어 봅시다.

6. 끝장에 끝장을 거듭한 최종 목적지임이 죽음이라는 '끝장'이라는 이 문장 어떤 생각이 드나요?

> "우리가 삶에 그토록이나 집착하는 것은 우리의 몸이 마련하곤 하는 그 예기치 않은 놀라움 때문인지도 모른다. 병이 낫지 않을 거라고 절망하고 있었는데 우리는 문득 자리에서 일어서게 된다. 우리가 잔뜩 믿고 있었는데 돌연 그 믿음이 무너진다. 끝장은 항상 똑같은 것이면서도 거기에 이르는 우여곡절은 러시아 산맥의 비탈만큼이나 다양하다." p.122

> "우리가 죽을 때 우리들 자신에 대하여 죽을 뿐 다른 사람들에 대해서는 죽지 않는 줄로 알고 있기 때문이다. 우리들의 거점은 사회일 뿐 절대가 아닌 것이다." p.135

7. 이 책의 저자는 케르겔렌 군도에서

> "나는 혼자서, 아무것도 가진 것 없이, 낯선 도시에 도착하는 것을 수없이

꿈꾸어 보았다. 그러면 나는 겸허하게, 아니 남루하게 살 수 있을 것 같았다. 무엇보다도 그렇게 되면 〈비밀〉을 간직할 수 있을 것 같았다. 나 자신에 대하여 말을 한 다거나 내가 이러이러한 사람이라는 것을 드러내 보인다거나, 나의 이름으로 행동한다는 것은 바로 내가 지닌 것 중에서 그 무엇인가 가장 귀중한 것을 겉으로 드러내는 일이라는 생각을 나는 늘 해왔다... 나는 오로지 나만의 삶을 갖는다는 즐거움을 위하여 별것 아닌 행동들을 숨기기도 한다." P.77

여러분은 이 부분을 어떻게 읽으셨나요?

8. 다음 인용문을 읽고 자신의 의견을 발표해 봅시다.

"자기가 사랑하는 그 꽃들을 아깝다는 듯 담장 속에 숨겨두는 그 사람들의 심정을 나는 너무나도 잘 이해할 수가 있었다. 하나의 정열은 그 주위에 굳건한 요새의 성벽들을 쌓아 두고자 한다." p.84

여러분은 이 부분에 대해 어떻게 생각하시나요?

9. '이번 달 함께 읽기 책'과 〈섬〉 독서토론'에 대한 소감 및 전체적인 마무리 평가를 해주세요.

삼목 책마실3		일시	2024. 7. 17. 수
서명	『섬』	저자	장 그르니에
독후활동 〈책 속으로〉	"나는 아무런 회한도 없이, 부러워한다. 오늘 처음으로 이 『섬』을 펼쳐 보게 되는 저 낯모르는 젊은 사람을 뜨거운 마음으로 부러워한다." - 알베르 카뮈		

〈케르겔렌 군도 - 조하리의 창으로 보는 비밀〉

조하리 윈도우(Johari Window)라는 심리학 이론이 있다.

X축은 자신이 아는 것과 모르는 것, Y축은 타인이 아는 것과 모르는 것으로 구성되어 있고, 도합 총 4개의 윈도우로 구성된다(그림 1 참조).

이런 4개의 윈도우를 통해서, 다른 사람과의 관계 속에서 자기 자신을 더 잘 이해하기 위한 도구로 활용된다. 이 조하리 윈도우를 개인의 삶에 대해서 적용해 보면 어떨까? 내가 아는 것과 모르는 것, 그리고 나를 둘러싼 동료들이 아는 것과 모르는 것을 조합해 보면 4개의 윈도우를 그려볼 수 있을 것이다.

	자신이 아는 부분	자신이 모르는 부분
다른 사람이 아는 부분	**열린 창** Open area	**보이지 않는 창** Blind area
다른 사람이 모르는 부분	**숨겨진 창** Hidden area	**미지의 창** Black Box

〈그림 1〉 조하리 윈도우(Johari Window)

작가 연구

장 그르니에 (Jean Grenier) (지은이)

프랑스의 철학자이자 작가인 장 그르니에는 1898년에 파리에서 태어나 브르타뉴에서 성장했고, 파리 고등사범학교와 소르본 대학교에서 수학했다. 1922년에 철학 교수 자격증을 얻은 뒤 아비뇽, 알제, 나폴리 등에서 교편을 잡았고, 《누벨르뷔프랑세즈(NRF)》등에 기고하며 집필 활동을 했다. 1930년 다시 알제의 고등학교에 철학 교사로 부임한 그르니에는 그곳에서 졸업반 학생이던 알베르 카뮈를 만났다. 1933년에 그르니에가 발표한 에세이집『섬』을 읽으며 스무 살의 카뮈는 "신비와 성스러움과 인간의 유한성, 그리고 불가능한 사랑에 대하여 상기시켜" 주는 부드러운 목소리를 들었고, 몇 년 뒤 출간된 자신의 첫 소설 『안과 겉』(1937)을 스승에게 헌정했다.

그르니에는 1936년에 19세기 철학자 쥘 르키에 연구로 국가박사학위를 받았고, 팔 년간의 알제 생활 이후 릴, 알렉산드리아, 카이로 등지의 대학교에서 학생들을 가르쳤다. 말년에 소르본 대학교에서 미학을 가르치다가 1971년 사망할 때까지 꾸준히 철학적 사유를 담은 책들을 발표했으며, 현대 미술에도 깊은 관심을 기울여 다수의 미학 분야 저술들을 남겼다. 그르니에의 사상은 흔히 말하는 철학적 '체계'와는 거리가 있고, 실존주의적 경향을 띠고는 있지만 다분히 회의주의적이고 관조적인 철학이다. 그러나 독자들에게 장 그르니에의 이름을 각인시킨 작품들은 무엇보다 철학적 인식을 바탕으로 하면서도 그것을 일상적 삶에 대한 서정적 성찰로 확장시킨 산문집들이다. 그 출발은 물론 그르니에가 알제리 시절에 세상에 내놓았고, 1959년에 몇 개 장(章)이 추가된 개정판이 『이방인』(1942)으로 이미 명성을 얻은 카뮈의 서문과 함께 출간되면서 더욱 화제가 되었던 『섬』이다. 그 외에도 그르니에는 『어느 개의 죽음』(1957), 『일상적인 삶』(1968), 『카뮈를 추억하며』(1968) 등의 에세이집을 남겼고, 카뮈와 주고받은 편지들을 모은 『알베르 카뮈와의 서한집』(1981)도 그의 사후 출간되었다. 포르티크 상, 프랑스 국가 문학 대상 등을 수상했다.

출처: 〈알라딘서점〉 작품해설 중에서

섬이 내게 걸어온 말들

장 그르니에의 『섬』 디벼읽기

ⓒ 이항녕, 오승숙, 김지현, 신재은, 이가영, 정가희, 정영미, 정영선, 홍석재, 2024

초판 1쇄 발행 2024년 12월 11일

지은이	이항녕, 오승숙, 김지현, 신재은, 이가영, 정가희, 정영미, 정영선, 홍석재
삽화	박유진
발행인	인천삼목초등학교장 이항녕
발행처	인천삼목초등학교
기획	인천삼목초등학교 교감 오승숙
편집	인천삼목초등학교 교사 정영선, 좋은땅 편집팀
펴낸이	이기봉
펴낸곳	도서출판 좋은땅
주소	서울특별시 마포구 양화로12길 26 지월드빌딩 (서교동 395-7)
전화	02)374-8616~7
팩스	02)374-8614
이메일	gworldbook@naver.com
홈페이지	www.g-world.co.kr

ISBN 979-11-388-3679-1(03800)